講談社文庫

桜宵

香菜里屋シリーズ2〈新装版〉

北森 鴻

講談社

目次

桜宵

十五周年

周囲の景色も人も、突然に色褪せ、質感を失い、輪郭さえも空間に溶けて消えてしまった気がして、慌ててあたりを見回した。そのような超常現象があり得るはずがないことを、そして自分が夢の最中にいるわけでもないことを確認して、ああ、孤立感とはこのような感覚のことをいうのだなと、改めて思った。我が身の体温が届くか届かないかの距離で、周囲はざわめき、時には嬌声があがる。度々グラスを軽やかにぶつけ合う音が耳に届き、それは自らが手にしたグラスの縁に生じたものであったりもするのだが、この場所に立っていることへの違和感は、拭いがたいものがあった。

「本当にお久しぶりねえ、……ちゃん」

そういわれて振り返ると、目の前に見知った、けれど他人以外のなにものでもない女の顔が……。

笑っている。

1

「まったく大変な目に遭ってしまったよ。三時間の披露宴の間中、誰と話をするでなし、ただ注がれるままに酒を飲むだけだもの」

「田舎の披露宴は長いからなあ。でもどうしてそんなところに」

「義理だよ、義理。昔のちょっとした知り合いだ。十年近くも音信がなかったのだが」

「久しぶりの音信が、結婚式への招待だった、と」

「無下(むげ)に断るわけにいかず……久しく旅にも出ていなかったから、ちょっとした小旅行のつもりだったのさ。それが翌日はひどい二日酔いで、ろくに駅弁を楽しむこともできなかった」

「向こうも人数合わせのつもりだったのですかネ」

「そういってしまっては身も蓋もない」

カウンターの向こうから聞こえてくるのは、常連客の話し声である。聞き耳を立てているわけではないが、二人の声はよく響き渡る。店の常連客で、片方は、確か渋谷のセンター街の街頭で占いの店を出しているのではないか。そのような話を、日浦はいつだったか耳にしたことがあった。

十人ほどの客がやっと座れるL字形のカウンターと、二人用の小卓が二つ。四ヵ所の間接照明が、広いとはいえない店内をモノトーンに浮かび上がらせている。薄く紗幕が張り巡らされたような酔いをこのまま放置するか、あるいはもう少しアルコールを体内に摂取するか。迷う日浦の前に置かれた空のゴブレットに、すっと手が伸びた。

「珍しいですね、日浦さんがこのような時間にお見えになるなんて」

それまで視線を落としたままだったカウンターから顔を上げると、真っ先にワインレッドのエプロンと、そこに縫い取られたヨークシャーテリアの精緻な刺繍が眼に入った。そして、刺繍がそのまま人間になったように柔和に笑う男の顔。

「ビールのおかわりはいかがですか」

男の口調はあくまでも柔らかで、押しつけがましさが少しもない。

「では度数の少し弱いビールを」というと、男——店主の工藤哲也がさらに笑顔を深めて、カウンターの奥にあるビアサーバーに向かった。おろしたて同様に磨き込まれた新たなグラスをサーバーの口金にあて、細かな泡を微妙に調整しながらビールを注ぐ手つきを見ているだけで気分が伸びやかになる。

「三日ほど前のことになるが、同僚の若いモンが急性胃炎で入院をしてしまってね。うちのような小さなタクシー会社じゃ、たったそれだけのことでシフトが狂うというわけさ」

「それは、大変ですね」

繊細極まりない泡粒がグラスの中で躍るのをしばし見つめて、

——やはり落ち着くな、この店は。

安堵にも似た気持ちを抱きながら、日浦はビールに口をつけた。

東急田園都市線三軒茶屋の駅から商店街を抜け、いくつかの路地の闇を踏みしめたところにぽってりと等身大の白い提灯が浮かぶ。それが、この《香菜里屋》の目印である。決して立地条件がよいわけでもないのに、客足が途切れないのは、ここをさながら隠れ家のように愛してやまない人々が数多くいるためだ。

「お待たせしました」と、工藤が輪島の塗り椀を持って、厨房から現れた。蓋を取ると同時に、だし汁の良い香りが湯気とともに鼻腔に届く。微かなアクセントは柚の皮か。先ほど、店に入るなり「少し変わった物を作ってみたのですが」と勧められた一品である。彼がこのような言葉遣いをするときは、内容を尋ねることなく注文することにしている。特に苦手な食材があるわけではないし、何よりもこうした場面で供される一皿に、間違いや齟齬があったためしがないからだ。

「西の方でよく鍋に使われる食材に、エソという白身魚があります。ちょうど市場ですり身を見かけたので」

どうやらすり身を白菜の葉で巻き込み、ロールキャベツの要領で和風仕立てに煮込んであるらしい。添え物が合鴨の切り身のつけ焼き。そこへとろみをつけただし汁をひたひたに掛けたものが椀の中身である。

「うん、良いね、体が温まりそうだ」

「お好みで、醬油を少々垂らしてみてください。味は薄めに仕立ててあります」

アルコール度数の違うビールが四種類、それに数種類のワールドビールが常時置かれていることからも判るように、香菜里屋という店はビアバーの体裁を取っている。また、工藤の作る創作料理を楽しみに店を訪れる客も少なくない。

が、それだけではない。

常連客のひとりが「自分の影法師を探すために、この店に来ているような気がする」とほろ酔い加減で話しているのを耳にしたことがある。意味があるようでない、気障な世迷言ともとれる言葉だが、なぜか胸のどこかで頷く自分を痛切に感じたものである。このような空間が自分の足を運ぶことが可能な範囲にある喜びと楽しみと、安堵感を与えてくれる。あるいはビールと酒肴とその他諸々の要素が、精神に立体感を取り戻させてくれる場所、それが香菜里屋である。


二人の客の会話は、まだ続いているようだ。「ところがね、一つだけ」と、声の調子を変えて男がいった。

「どうしたんです」

「気になって仕方がないことがあるんだ。ほら、ペイさんもさっき口にしたじゃないか」

「ああ、つまりは人数合わせで招待された云々……」

「そこなんだよ。もちろん、それを否定する気はないんだ。でもなあ」

「なにが引っかかるんですか」

「つまりは……どうして僕が招待されなければならなかったのか」

「いやだな、それじゃあ堂々巡りじゃありませんか、東山さん」

二人の会話から、田舎の結婚式に呼ばれたのが年長の客で東山。やや若いのが、「ぺイさん」の愛称で呼ばれる北という客であることを思いだした。

「だって十年以上も音信無しだったのだよ」

「ちょっとした知り合いというと？」

「僕の勤め先で彼、学生時代にバイトをしていたんだ。配送部の方でね」

「その時、東山さんに大変な世話を掛けたとか。それで恩を忘れずに招待状を送ってきたんじゃありませんか」

「と、いわれてもねえ。そりゃあ何度か飯を食わせたり、飲みに連れていったりはしたのだが……アルバイトをやめてからは年賀葉書一つ寄越さなかったくらいでね。正直言って、招待状を受け取ったときには、顔を思い出すこともできなかった。連絡先に電話を入れて、ようやく名前と顔が一致したほどだ」

「そりゃあ、やっぱり人数合わせですよ。結婚式の招待客って、基本的には新郎と新婦それぞれが、ほぼ同じくらいの人数になるように調整するでしょう。たぶん、新郎の客が極端に少なかったんで、慌てて古い住所録なんかをひっくり返したんじゃありませんか」

「それにしては……ね」

どうやら東山の不審感は少し違う点にあるらしい。だが、それをどう言葉にすればよいのか判らないといったふうに、しきりと首を傾げるのである。

「東山さんらしくないなあ、どこがそんなに気に入らないんですか」

「うん。ペイさんの推測はたぶん正しいのだろう。結婚式なんてのは、所詮(しょせん)はつじつま合わせの儀式に過ぎない、おっとこれは言い過ぎだが、まあ一部真実といってもいい。だから招待客の人数合わせに僕を呼んだとしても不思議じゃないさ」

「でしょう。だからこそ東山さんのまわりは誰も知り合いがいなくて、互いにお酒をつぎあってばかりいたから、とんだ場違いの酔っぱらいに仕立てられてしまったと」

「そこが、少し違うんだ」

「どこが、ですか」

「酔っぱらったのは僕一人だ。僕の席は、披露宴会場のやや後ろより。六人掛けの円形テーブルに用意されていたんだが、僕以外の招待客は皆互いをよく知っている様子だった」

「それは、確かに変ですね」

「だろう。人数合わせの来客ばかりで、誰も顔見知りがいなくて、というなら話は分かる。僕一人を他の集団に放り込み、いたたまれない思いをさせるような真似を、どうしてするかなあと、披露宴の間中考えていたんだ」

手元のグラスをぐいと空け、北が唇を引き結んだ。そのまま数分考え込んだ後に、小声で「こんなことは考えられませんか」と、囁(ささや)いた。

「ねえ、東山さん。あなたはその新郎のことを少しばかり世話してやっただけなのに、といったけれど、本当は……ねえ、その彼はもっとマイナスベクトルの感情をあなたに抱いていたのではありませんか」

「なんだい、いきなり」

「つまり、彼は本当はあなたのことを恨んでいた。で、今回の披露宴を良いことに、あなたをさらし者にして意趣返しをしたのでは、ありませんか」

「………」

二人の会話に、僅(わず)かな隙間が生じた。互いの思考を確認し精査するための間、である。

それが副作用的に働き、日浦の頭の中に全く別の記憶を甦(よみがえ)らせることになった。

この三ヵ月というもの、記憶を司(つかさど)る細胞の隙間に入り込んだ小石のように、違和感を主張し続けてきたある出来事。その違和感が存在感に変わった。
――すべての始まりは……。

2

暦の上でこそすでに初秋だが、東京のどの街角にも秋風は気配さえも感じられず、人々はいつまでも居座る残暑にうんざりした顔をしていた。このような季節が、タクシーの運転手をもっとも困らせるのである。男性客はすでに夏服をしまい込み、合い着の背広を着込んでいるから、当然の如くエアコンの温度設定をより低く要求する。そうした縛りのない女性客は、まだ夏同然の身なりであるから、反応はまるで逆。ついでにいえば、車内のエアコンなどというものは、実のところそれほど厳密に温度を変える機能を持ち合わせてはおらず、必然的に運転手はかなりの神経を遣わねばならなくなる。時には窓を開けるなどして、温度調整を図るわけだ。すると今度は「この車は窓を開けなければならないほど、お粗末な空調しかついていないのか」と、クレームをつけられる。挙げ句には、タクシー運転手の最大の弱みである「タクシー近代化センター」の名前まで持ち出されることもあるから、事態は笑い話では済まないのだ。

その日もさんざ不愉快な思いを繰り返し、そろそろ営業スマイルにも限界を感じ始めたところへ営業所から無線が入った。これから新宿へ回って欲しい。ホテルGで女性客を一人、拾ってくれという業務連絡だった。時計を見ると、シフトの交代時間が迫っている。ちょうどよい潮時だと思い、その日の最後の客を拾うために、日浦は車を新宿へと向けた。

ホテルのフロントで社名を告げると、すぐに女性の客がロビーの椅子から立ち上がった。

――……!?

落ち着いた浅黄色の着物を一分の隙もなく着込んだ女性客の顔を見た途端に、記憶の一部が刺激された。

多いときには一日百人近くの客を目的地まで搬送するのが、タクシーの運転手だ。いくつかの偶然が重なって、同じ客を乗せることがないわけではない。だが、そうしたこととは無縁の部分で、日浦は二十歳過ぎと思われる女の顔に見覚えがあった。

「東京駅へ」と、車に乗るなり客はややつっけんどんな調子でいった。

月末の都内は混雑しやすい。新宿からなら、中央線を使った方が時間的にも金銭的にも便利なのだが、とは口にしなかった。不景気のあおりをもろにくらいやすい商売であるから、せっかくの客を逃したくないというのはある意味で真実だ。だが、それだけではないと、頭のどこかで囁く声がした。

「ホテルの催し物に参加されたのですか」

「ええ、まあちょっとした」

「大変でしょう、この季節に着物では」

「そうですねえ」

「私らもね、車内の温度を調節するのが大変なんですよ」

「はあ」

「寒くはありませんか」

「いえ、別に」

会話の接ぎ穂を探して色々話しかけるのだが、女性客の反応は極めて悪い。ラジオをつけ、そこからネタを振ってみても、客は曖昧に頷くか、まるで気のない返事を繰り返すのみだ。だからといって、タクシーの運転手に対してまるで興味がないわけではないらしい。バックミラー越しに見える女性客の顔を確認しようとして、互いの視線が幾度かぶつかり合ったことからも、それは確かなことだった。

車内の空気を一変させたのは、

「お客さん、どちらから」

会話に窮し、日浦が何気なく口にした、その一言だった。

それまで堪えていたものを一気に爆発させるように、客が大声で笑い始めたのである。

「あっ、あのですね、なにか不都合でも」

「やだなあ、日浦ちゃん。本当に忘れちゃったんだ、あたしのこと。ひどいねえ、まったく薄情もんなんだから」

言葉の端々に散らばる懐かしいイントネーションが、日浦の記憶をさらに刺激し、忘れかけていたいくつかのパーツが鮮明に甦った。

「まさか……まさか夕海ちゃんかい」

東京に出てきて五年。すっかり取れたはずのお国言葉のイントネーションが、ごく自然に日浦の口からこぼれた。

「そっだよお。花巻の夕海ちゃんだよ、なっつかしねえ」

「ああ、んだな。五年ぶりだア」

五年前は、まだ高校に入ったばかりではなかったか。当時の丸顔からは想像もできない都会的な顔立ちに成長した、古暮夕海の顔を、バックミラー越しに改めて見た。

――そうか、もう五年になるのか。

会社員であった父が急死し、そのあとを追うかのように母が死んだのをきっかけに、日浦は故郷の花巻から東京に出てきた。すでに不況は本格化しており、花巻でのタクシー運転手の仕事に見切りをつけたのである。両親以外の肉親が、誰もいなかったことも、理由の一つだった。

古暮夕海は、花巻で常連だった小料理屋の一人娘である。

「で、どしたの」

「ちょこっとねえ。知り合いの結婚式さ出るために、上京したもんだから。せっかくだから日浦ちゃんに会いたいと思ってね」

「だけども、よくおらほの勤め先さわがったな」

「電話掛けたんさ、タクシー会社に片っ端から。日浦映一って運転手いませんかって」

「五年ばかり前に岩手の田舎から出てきた、山猿でってか」

「当たり！」

「千石のみんなは、元気かい。ママさんは？」

日浦は檜のカウンターが一枚きりの、その店の匂いを鼻の奥に思い出した。焼酎のお湯割りの匂い、おでんの匂い、あじの開きを焼く匂い、牛スジの煮込みの匂い、客がふかす煙草の匂い、そうしたものがすべて綯い交ぜになった中で、交わした会話の数々。どの地区の誰それが喧嘩した、あいつとこいつはどうやらできているようだ、向こうの町の娘に赤ん坊ができた、そこの角の爺様がそろそろやばいようだ。小さな町で共有する時間と空間には、垣根などというものが一切なく、限りなく濃密で、そして素敵な退屈に満ちていた。《千石》という、古暮夕海の母親が経営する小料理屋が特別なのではない。花巻市のそこここにある繁華街、そこに点在するすべての明かりの下で、同じ会話が交わされ、それが毎夜繰り返されるのである。

「それでね、日浦ちゃん」

夕海が、手にしたバッグから白い封筒を取りだした。

「なによ、ラブレターさ、くれるってか？」

「そう、熱烈な奴ね」

間もなく車は東京駅に到着した。夕海は日浦がなにかをいう前に一万円札を取り出し、それを押しつけるようにして車を降りた。すぐにあとを追い、「こんなものはいらない」と返却するつもりが、場所柄どうしても車を駐車することができない。仕方なくその場を離れて広い通りで路肩に停車した。夕海に手渡された封筒の中身は、ラブレターであるはずもなく、一枚のカードだった。

そこには家庭用のプリンターで、

『小料理千石・十五周年記念パーティのご案内』

という朱文字が刷られていた。

花巻駅前のホテルの宴会場を貸し切りにして、十五周年パーティは開かれる。と招待状にはある。


十月も半ばの月曜日。懐かしさ半分、戸惑い半分の複雑な思いを抱いたまま三十分遅れで、日浦は会場に到着した。

受付で会費を支払い、宴会場に足を踏み入れてすぐに感じたのは、

──意外に、参加人数が少ないな。

との思いだった。

「あれまあ、映一でないかね」

日浦を見るなり、すぐに近づいてきたのは、地元新聞社に勤務する野原である。千石の客であった時分は、さほど深いつき合いがあったわけではない。それでもたまに

話が合ったときの野原の人懐こさをよく覚えていた。

「元気しでだが」

「ああ、まんずな」

「駅前も、すっかりと変わったろ」

「見違えたさあ」

ここには見えない、他の客の近況など聞こうとしたところへ、別の客が割り込んできて、野原はそちらへ行ってしまった。

――仕方がないか。

こちらでの生活が苦しくなったが故の離郷でも、周囲はそうは見ないかもしれない。要するに離郷者とは棄郷者であり、いったん故郷を捨てた人間は永遠に帰郷者にはなれない。厳しすぎる生活環境を、人々の連帯の力によって凌(しの)ごうとする地域には、しばしばそのような土壌が生まれることがある。逆に五年前、花巻を出た自分の中に、そうしたものを倦(う)む気持ちがなかったとはいえない。

誰にも聞こえないように「仕方がないか」と呟(つぶや)き、ビールグラスを片手に歩き出した。

会場を一回りするうちには、やはり同じような声が掛けられ、そこでひとしきり談笑をするのだが、いずれも長くは続かない。おざなり、というほどではないにしても、集まった客のすべてが日浦と目に見えない一線を引こうとしているかに思えた。

人々の談笑の中に入ってゆけないもどかしさは、日浦を精神的にも肉体的にも孤独へと追いやることになる。当惑が、疑惑と憤慨に変わるのに大した時間は必要なかった。

なにかがおかしくはないか。

すっかり壁の花になりきりながら、日浦は唇を噛んだ。そこへ、

「本当にお久しぶりねえ、日浦ちゃん」

そういって、ビールの瓶を差しだしたのは夕海の母親、初美だった。「ああ」と返事をしたものの、日浦は言葉を続けることができなかった。

「ママさん、ずいぶんと人数が少ないみたいだけれど」

「そうなのよ、みんな薄情だからねえ」

強いて標準語を駆使し、幾人かのかつての常連客の名前を挙げてみても、初美から返ってくる言葉は「今日は都合が悪くて」「あの人は今、縁遠くなってしまっているから」といったものばかりだった。それが、ますます日浦を混乱させた。

そもそも十五周年パーティを企画するなら、より多くの人間が参加できる日を選ぶ

べきではないか。月曜日という、もっとも人の集まりにくい曜日を、何故選択したのか。そうしたことを、言葉を選んで問うと、

「考えたのよ、色々。結局ね、月曜日を店休日にしている商店のおやっさん連中が多いからね、うちの客は」

　明快な、けれどもどこかで納得のできない答えが返ってきた。

　では五年の長きにわたり、縁の切れたままになっていた日浦を敢えて招待した理由は何処にあるのか。友人の結婚式のついでとはいえ、分厚い電話帳をめくり、都内のタクシー会社を片っ端から当たってまで、夕海が招待状を届けたのはなぜか。

「どうして、僕が招待されたんです」

「なあんだあ、相変わらず日浦ちゃんは朴念仁だねえ」

「ま、それは否定はしないけれど」

「わからない？」

「わからないから聞いているんじゃないか」

「日浦ちゃんにどうしても会いたいって人が、いるからよ」

「えっ!?」

　あまりに意外な初美の言葉に、日浦は反応を失った。たった今まで、この会場で我

一人の孤独を噛みしめていたのは、なにかの錯覚なのだろうか。そう思って周囲を見たが、それらしい人影は何処にもない。

いつの間にか初美もその場を離れ、別の客の応対に忙しそうだ。

ぼんやりとしているところへ、背後からぽんと肩を叩かれた。その拍子にひどく奇妙な、というよりは愚かで理不尽としかいいようのない事実に、日浦は思い至った。

3

いつの間にか、日浦以外の客はすべて帰ってしまったらしい。腕時計を見ると、すでに閉店時間を一時間近くも過ぎている。

「すっ、済まない。工藤君も人が悪い。閉店の時間を告げてくれれば良かったのに」

カウンターの隅でグラスを磨いていた工藤が、

「いえ、なにか考え事をされているようでしたので」

「うん、ちょっとねえ」

「ビールがすっかり温くなってしまいましたね。お取り替えしましょう」

「悪いなあ、時間は大丈夫なの」

「なんなら朝まででも大丈夫ですよ。明日は市場へ行かない日ですから」

新しいグラスにビールを満たし、日浦の前に置いて工藤がいったん厨房に消えた。間もなく戻ってきたその掌に小鉢がのっている。

「白髪ネギとサラミの細切りをフレンチドレッシングで和えてみました。さっぱりとして箸休めによいでしょう」

「こりゃあ、ありがたい。ちょうど口直しが欲しいと思っていたんだ」

水にさらした白髪ネギに残る微かな辛みと、サラミソーセージの塩気。それらがドレッシングによって一つの調和を生み出している。プレーンクラッカーでもあればなおいいかもしれないと、ふと思ったところへ、それを見透かしたようにクラッカーを盛った小皿が差しだされた。この心遣いが堪らないのだと日浦は思うが、当の工藤にとってはなんでもないことらしい。得意げな表情一つ見せるわけでもなく、すでにグラスを磨きに掛かっているのである。

「ねえ、先ほどの話だけど」

「はい？」

「東山さんとかいう常連の人が話していただろう」

「ああ、田舎の結婚式に呼ばれた話ですね」

のだろう」

「どうして十年近くも音信のなかった知人が、急に東山氏を披露宴に呼ぶ気になった
「と、いわれましても」

「あれ、どう思う」

東山という客の身の上話を、我が身に置き換えたつもりで日浦はいった。

工藤がグラスを磨く手を止め、小首を傾げた。その仕草が、ワインレッドのエプロンに縫い取られたヨークシャーテリアに、どこか似ているようで、滑稽味を感じさせる。

「所詮は想像に過ぎませんが」と言い置いて、工藤が自分のグラスにもビールを注いだ。再び厨房へ行き、戻ったときには新たな小皿を手にしていた。日浦も何度か注文したことのある、自家製のビーフジャーキーである。軽くオーブンで炙ってあるので、ほんのりと温かく、そして柔らかい。熱で活性化した牛脂をビールで喉へと流し込むと、舌先にうま味だけがきれいに残る一品である。

「考えられるのは、どうしても東山さんでなければならない場合。しかしこれはあくまでも当人同士の問題であって、我々の推量が触手を伸ばして良い領域ではありません。だが、別の場合ならば」

「どんなことが考えられる？」

「東山さんの人となり、あるいは資質の問題、でしょうか」

「資質や人となり、ねえ」

工藤の思考についてゆけずに曖昧な言葉を呟くしかなかった。

「あの方、非常に人付き合いを大切にする人でしてね。知り合いの誕生日や、この店の開店記念日などといったものを決して忘れません」

「だからこそアルバイトの学生を食事に連れていったり、酒をご馳走したのだろうね」

「はい。だから、例の彼は考えた」

「東山氏ならば、たとえ十年のブランクがあっても、必ず招待に応じてくれると？」

だとすれば、北のいった人数合わせという答えに落ち着くことになる。工藤もやはり同意見なのだろうか。

「同意見？　ええある意味では。けれど事情は少し違うかもしれませんね」

「というと」

「話を聞く限りにおいて東山さんの座った席、六人掛けの円形テーブルの他のメンバーは同一グループのようです」

「確かにそんな内容だった」

「もしもですよ、東山さんが欠席を通知した場合どのようなことになるでしょうか」

「そりゃあ……」

その席には次のテーブル席から誰かが繰り上げて座ることになる。

「あるいは、それが不都合だったのかもしれません」

「どうして」

「結婚式の披露宴とはなにか。もちろん、親族や知人を集めてのお披露目の席です。新郎新婦の新たな旅立ちを、周囲が祝う席でもあります。しかし、そうした式典はしばしば別の意味を持つ場合があるのですよ。これは不謹慎な喩え（たと）かもしれませんが、仏事は亡き人を偲ぶ（しの）席であると同時に、日頃は会えない親族との顔合わせの席でもあります」

「同じ事が、その披露宴でも行われようとしていた、と」

「六人掛けの円形テーブルは、男女が三人ずつ座り、歓談するにはちょうどよい形式ですね」

「三対三のお見合い！」

「もちろん、正式なものではないでしょう。ちょっとした友人紹介の席であったかもしれません。けれどそこに、本当に付き合って欲しいと願う男女が一組でもいるなら」

「若い人がいうところの、合コンの変形だね」

だからこそ、その席には他の人物を入れたくはなかったし、また六人が一人でも欠ける事態を避けたかった。

「でも、東山氏が急用で欠席したら、どうなる」

「それは問題ありません。席だけ作っておけば、そこに本来座るべき人物がいなくても欠席扱いにすればよいのですから。ただ、初めから六人掛けの席を五人でしか使用しないとなると、傍目にも不自然でしょう」

「なるほどねえ」

無論、あくまでも工藤の言葉は推測でしかない。根拠などあろうはずもないが、この男が口にする言葉には、不思議と真実の響きが宿ってしまうようだ。そうした例を、これまでにも幾度か目の当たりにしたことがある。

――例のパーティのことを話してみようか。

きっと工藤は厭(いや)な顔一つ見せずに話を聞いてくれるだろう。

けれどその日、日浦はそのまま勘定を済ませて店を出た。謎は謎のまま、しばらくは一人で考えてみたかった。あるいは、謎を胸に一つでも秘めていることで、この店をいつでも訪ねることのできる特権を得た気になったのかもしれない。

何故そんな気持ちになったのか、日浦自身にも説明することはできないのだが。


無為のうちに数週間を過ごした日浦の元へ、夕海が訪ねてきたのは暦が二月に変わって間もなくのことだった。

徹夜シフトの勤務を終え、西新宿のアパートに戻ると、ドアの前に蹲る人影を認めた。それが古暮夕海だった。日浦の足音を聞きつけたのか、顔を上げるなり突然立ち上がり、駆け寄ってきた夕海の表情が尋常ではなかった。

「どうしたの、夕海ちゃん」

「日浦さん、あのね、お母さんが」

「なにさ、あった」

「一週間ほど前に店で倒れて、それで昏睡状態が」

「なしてはやぐ、報せねがったか、それで昏睡のままか」

「昨日目さ覚めた。そすたらお母さん、どうしても日浦さんさ連れてきてけじゃって」

「わがった、すぐに支度する！」

4

「で、どうなったのですか、話の続きは」

話しかけてきたのは北だった。

花巻であれこれと用事を済ませ、二週間ぶりに香菜里屋を訪れると、珍しいことに店にはほとんど客がいない。数少ない客の一人である北と、先日の東山氏の一件などなんとなく話すうちに、話題は自然と花巻での十五周年記念パーティへと傾いていった。

「僕にはどうしても理解ができなかった。どうして十五周年記念のパーティなどが開かれたのか。集まった客は、確かに店の常連であったかもしれないが、本来ならば絶対に招かねばならない客が他にもいたはずだ。どうして彼らの都合に、パーティの開催日時を合わせなかったのか」

「そして……日浦さん、花巻を離れて五年も経つあなたが、どうして突然招待を受けたのか」

北の言葉に、日浦は頷いた。

そこへ工藤が「お待たせしました」と、小鉢を持って現れた。別々に蒸し上げた白身魚と蕪へ、黄身酢をかけ回したもので、日浦の好物である。グラスに残ったビールを飲み干して、「たまには日本酒でも飲むかな」と呟くと、すぐさま「石川の出で良いものがありますが」と、工藤がカウンターの下の冷蔵庫から一合半の小瓶を取りだした。そのタイミングの良さに、日浦は、

――そうか、香菜里屋と千石にはどこか似た空気があるんだ。だから俺は……。

道理で最初にこの店を訪れたときから、奇妙に馴染む気がしたはずだと納得した。香菜里屋へ連れてきた知人は数多くいるが、誰一人として非難の声をあげた者がいないことを考え合せると、どうやらそれが工藤という人間の特殊能力らしい。

「日浦さん、それで答えは見つかったのですか」

「ええ、まだ解決までは道半ばですが」

「非常に興味がありますね」

北の声は好奇心に満ちている。

実のところ、話はそれほど愉快なものではないし、たぶん結末もひどく苦いものとなるのではないか。だが、ここで話をやめるのはあまりに無責任である。日浦にとっ

ても後味が良くない。

ふと工藤を見ると、こちらに顔を向けることもなくグラスに磨きをかける、その姿が「どうかお好きなように」といっているようで、日浦は話を続けることにした。

「すべては、千石という店の経営者、古暮初美が考えた……いえ、企んだことだったのですよ」


夕海を伴って花巻へと向かい、市内の総合病院を訪れた日浦を待っていたのは、あまりに無残に変わり果てた初美の姿だった。夕海は「倒れて、昏睡状態が続いた」といったのみであったが、とてもそれだけとは思えなかった。数ヵ月前に再会したときの妖艶な姿、面影など完全に霧散し、病み衰えて死を待つばかりの病人の窶れ果てた面もちのみが、笑顔らしきものを貼りつけて「すまながったねえ」と、日浦に語りかけているのである。

「どうしたのさ。ちょびっとダイエットさやりすぎでねが」

「そだねえ、やりすぎたかねえ」

乾いた唇が、それでも軽口を叩こうとする痛ましさよりも、日浦は初美の目に宿る光の強さに圧倒された。肉体こそ今しも滅びようとしているが、精神の力がそれを強引に押し留めている。そんな気がした。

わざと用事を作って夕海を病室の外に出し、改めて「どうしたの」と訊ねてみた。初美の身体の変化とその経過を問うたのではない。自分になにをして欲しいのか、自分はなにをなすべきなのか、問うたのはそのことである。

「日浦ちゃんだったら、気づいてたんでないの」

「こないだのパーティのことかな」

「うん、そんだよ」

「そうだねえ、確かに奇妙なパーティだった。みんながみんな、どこかよそよそしくて」

「それだけ？」

「何よりも……十五周年なんて、よくもあんなとぼけた企画を」

「あははあ、やっぱり日浦ちゃんだねえ、気づいてたの」

「気づくもなにも、千石が開店して、まだ十四年目でないのさ。パーティ会場でそのことさ気づいて、ずいぶんと頭ァ悩ました」

——あのとき……。

突然目を見開かされた気がして、日浦は改めて会場を見回した。すると、奇妙なことは他にもあった。客のうちの何人かは、明らかに千石で見かけたことのない顔である。五年のブランクがあるのだから、知らない顔があっても不思議はない。だが、それらの顔を日浦は見知っていた。千石ではない、別の場所で彼らを知っていたのである。

「十五周年は千石の開店記念じゃない。あの店は……なんといったっけね、駅前からイギリス海岸方面へ三百メートルほど歩いた場所にあった、そうそう《万鉄》って店の閉店十五周年ではなかったのかね」

「…………」

「そしてパーティに呼ばれた客は、千石の客であるというよりは万鉄の常連客だった連中でないのかい」

初美がはっきりと頷いた。

万鉄という、一風変わった居酒屋には日浦も何度か顔を覗かせたことがある。また、駅前で拾った客を店に届けたり、逆のことも幾たびかあった。

「んだども、なして今になって、連中を集めねばならんかったの」

「日浦ちゃん、聞いてけろ」

初美が、尋常ではない光を双眸に湛えて、訴えかけた。

「閉店十五周年!?」

そんなばかな行事は聞いたことがないと、言葉の裏に色濃く滲(にじ)ませながら北がいった。

「でもそれ以外には考えられないし」

なによりも病室で、初美が頷いたという事実がある。言葉に窮したのか、北が黙り込んでしまうと、今度は工藤が控えめな調子で、

「もちろん、日浦さんもその万鉄というお店には」

「ああ、いったことがあるよ。とにかく変わった店でね」

「わたしもそこが気になっていたのですよ。どのように変わった店だったのですか」

「それがね」

店を切り盛りしていたのは、千石と同じく女性経営者であった。といっても初美よりはずいぶんと年長で、すでに老女といってもよい年頃の、品の良い女将(おかみ)である。特に変わった料理を出すわけではなく、また酒類に特徴があったわけでもない。屋号が幸いしてか、先の大戦中に満州(現・中国東北部)で青春時代を過ごしたという年寄り客が、本来悲惨であるはずの当時の話を、いつの間にか甘い美談にすり替えて語り

合っているような、そんな店であった。

「じゃあ、どこが」と畳みかけるようにいったのは、カウンターの一番奥で飲んでいた、常連客の一人だった。どうやら先ほどからの話に聞き耳を立てていたらしい。この店には、どういうわけだか、こうした話に興味を抱く人種が多いようだ。

「店の内装なんです。女将の亭主というのが、労働にまったく興味を示さない人物でしてね。一応は古美術商を名乗っているんですが、はっきりいって女将のヒモです。ただ定期的には骨董品の競り市に通っているのでしょう、店内には彼が仕入れてきた商品が至るところに並べられていたのですよ」

「それは売り物として？」と、北。

「だと思います。ちゃんと値札がついていましたから」

「ははあ、骨董居酒屋ねえ。着眼点は悪くないとは思うが」

「北さん、それは亭主が目利きならばの話でしょう。ところが現実はそうじゃなかった。彼が買い付けてくるものはどれも筋の良くないものだと評判でしてね。万鉄に陳列された商品が売れたという話を、僕は一度として聞いたことがない」

「なるほど、ほとんど穀潰しだね、そのご亭主は」

「と、初美さんもいっていました」

「それがどうして今頃になって……おおかた亭主の道楽が過ぎて店を潰してしまったのだろうが、閉店十五周年のパーティを？」

「違うんです。万鉄が潰れたのは火事が原因なんです。不審火でした」

そして、といいかけて日浦は言葉に詰まった。

初美の吐き出すような声が記憶に甦った。この世に残す最後の気がかりを、日浦に託そうとする凄絶な声音が、幾重にも重なった。


『兄ちゃんさ、追い込んだ憎い犯人、捕まえてけろ』


幾度かつばを飲み込み、日浦は平静を装った。

「幸いなことに、住居は別でしたから死傷者は出ませんでした。けれど夫婦にはもう店を建て直す気力も資金力もありませんでした。失意のうちに二年が過ぎ、夫婦は寄り添うように月日をほぼ同じくして、市内の病院でなくなりました」

ぎこちない口調でそういうと、香菜里屋の店内が途端に静かになった。

ややあって、「もしかしたら」と口を開いたのは工藤だった。だが、「どうしたの、マスター」という北の問いに、工藤は答えなかった。

「済みませんでした。差し出がましいことを」

と一言いったきり、口を閉ざしてしまったのである。

この店で一番アルコール度数の高いビールは、オンザロックのスタイルで客に供される。それをひとくち、ふたくち舐めながら、北が、

「どうして十五年も前に閉店した店の、閉店十五周年なんてものを開く気になったのか」

先ほどと同じ言葉を吐き出した。だが、それ以上のことは北にせよ、もう一人の客にせよ、推測すら立てることはできない。日浦が開示したのはあくまでもデータの一部であり、初美の置かれた状況等については、何も話してはいない。ましてや、彼女が紋るように吐きだした言葉を、告げる必要などないと思ったからだ。あくまでも問題に対峙するのは日浦本人であるし、今夜この話が俎上にのせられたのは、ほんの成り行きに過ぎない。

——それ以上のことを望むべくもない。

そんなことを考えているうちに、いつの間にか客が自分一人になったことに気がついた。

日浦が「最後に、度数の強いビールをください」と注文すると、ロックグラスを差

しだしながら、工藤が、

「たぶん、残された時間が余りないのですね。その初美さんという女性」

さりげなくいった。あまりのさりげなさに、ほんのひとときなにをいわれたのか判らなかったほどだ。

「どうしてそんなことが……彼女の病状については、なにもいわなかったはずだよ」

「十五年ですか。殺人罪ならば時効直前。最後の賭けに出て、放火犯に挑むということもあるでしょうが、死傷者はでなかったということですから。だとすれば時効、いえタイムリミットは犯人の側に存在するのではなく、追いつめる側に迫っているのだと考えただけです」

「すごいな、どうしてそこまで」

「単なる当てずっぽうですよ。当てずっぽうついでにいえば、初美さんは万鉄の女将、もしくはご亭主の肉親ですね」

「それも正解。ご亭主の妹です」

「そうでしたか。万鉄と千石。《万》と《千》、《鉄》と《石》という漢字が奇妙に符合していると感じたのですが。すると初美さんはご自身の命火の短さを知り、どうしても過去を清算したくなったのですね。十五年前の真実を手みやげにして、お兄さん

と再会する。そうしなければならないと誓って十五周年パーティを開催したとなると

……招待客の誰かが犯人であると、初美さんは推測しているのでしょう」

もはやなにをいわれても驚く気がしなかった。普段はカウンターの向こう側でビールを注ぎ、料理を供するだけの工藤の頭の中身は、特別な仕掛けでも備わっているらしい。

「けれど彼女に残された時間は余りに少なく、そして体の自由もきかない」

「元々、そうなる予感は十分にあったのでしょう。だからこそ彼女は、日浦さんをご自身の代理人とする目的で、パーティに招待したのですね」

「そうだよ」

そういって、日浦はこの奇妙なビアバーの責任者に、すべてのデータを開示した。

5

二日後のことだ。勤務を終えて営業所に戻ると、北からの伝言が残されていた。

『本日、お暇なら香菜里屋においでください』

メッセージとともに携帯電話の電話番号がメモされている。そこへ電話を掛ける

と、すぐに繋がり、夕方の六時に香菜里屋で待ち合わせることになった。

ゆっくりと仕事上がりの風呂を楽しみ、三軒茶屋に到着したのが六時五分前。

路地を進んで、目印の白い提灯を探すのだが、その日に限っていつものぽってりとした光の柱が見つからない。どうしたことかと店に近づき、ドアを見ると『本日七時まで貸し切り』と張り紙がある。僅かな間逡巡していると、店の中から、

「どうぞ、お待ちしておりました」

工藤の声がしたので、安心してドアを押した。

「なんだか物々しいですね、貸し切りなんて」

そういうと、北ともう一人の客が笑いながら軽く頭を下げた。

「わたしも余り時間がないものだから。八時には渋谷で店を出さないとね」

「ああ、北さんはセンター街で占いの店を出しているのでしたね」

「それほど大仰なものじゃない。小さな机一つがわたしの城という奴でして。だからマスターに無理をいって貸し切りにしてもらいました。他の客に茶々を入れて欲しくなかったものだから」

「というと？」

「例の花巻の店の一件ですよ。ふと、思いついたことがありまして」

「万鉄という居酒屋のことですね」

「ええ」と、北がもう一人の男性客を紹介した。竹ノ内といって、都内の美術大学で講師をしているという。

「初めまして、竹ノ内です。近世・近代美術史を担当しています」

「日浦です。近世・近代美術史というと」

「江戸から明治、大正にかけての美術史ですね。自分でいっちゃあなんですが、ひどく退屈な学問です」

その屈託のない口調が、竹ノ内という男にかえって聡明な印象を与えるようだ。

間もなく工藤が、三つのピルスナーグラスと、同じ数の小鉢を持って現れた。

「単刀直入に話を進めますが、例の万鉄という店、そこのご亭主が趣味で古美術品を集めていたそうだけど、書画の類はありませんでしたか」

竹ノ内が、唇にビールの泡を残したまま、いった。

「さて……確かに掛け軸のようなものはあったと思いますが、なんでも狩野(かのう)派のさる有名画家のものと本人はいっていましたが、どうやら出来の悪い写しだったようです。客のひとりがそんな話をしていました」

「洋画はどうですか」

日浦は十五年前の記憶を懸命に手繰った。

――そういえば……。

「ああ、確かにありましたよ。思い出した、店には小さな座敷がありましてね、そこになんだか陰気な、男の肖像画が掛かっていました」

「それだ！」

北と竹ノ内が同時に叫んだ。すると、それまで自分の専用グラスの中身を、静かに舐めながら話に聞き入っていた工藤の唇が、

「万（よろず）……鉄五郎（てつごろう）という画家が確かいましたね」

ぽつりと呟いた。呆気にとられたのは竹ノ内である。

「驚いたな。こんな店で、といったら失礼になるかしらん。でも敢えていわせてもらうよ。こんな店でまさかその画家の名前を聞こうとは思わなかった」

「いや、まあ、そういわれると、困るのですが」

工藤が鼻の頭を二度、三度と掻いた。

「あの、説明していただけませんか」

状況がまったく摑めない日浦は、三人の男達に問うてみた。

「つまりこうだ。万鉄という店の説明をするときに、日浦さんはこういったでしょ

う。『屋号が幸いしてか、先の大戦中に満州で青春時代を過ごしたという年寄り客が、本来悲惨であるはずの当時の話を、いつの間にか甘い美談にすり替えて語り合っているような』と。だからてっきりわたしたちは、南満州鉄道から店の名を取ったものと勘違いしてしまった。でもそれじゃあ漢字がまったく違う。で、思いついたのが……」

話を途中から竹ノ内が奪った。

「北からその話を聞いて、花巻に隣接する東和町には万鉄五郎という偉大な洋画家がいるとサジェスチョンを与えたのが僕、というわけです」

「ははあ」

「たぶん犯人は、その絵が万鉄五郎のものであることを知っていたのですよ。屋号から察したのかもしれません。それで店に忍び込んで絵を奪い、火を放ったのでしょう。他の骨董はともかく、絵画は灰になってしまえばどのような鑑定も不可能となる」

「いや、それが絵であったことさえも判らなくなってしまうでしょう」

北と竹ノ内が交互に話す。それを聞くだけ聞いて、

「違うと思いますよ、たぶん」

日浦は、気まずい思いをしながらいった。

奇妙な間が生まれ、そして弾けた。

「どこが違うんです!」

「いや、万鉄に通っていた時分に、話を聞いたことがあるんです。確かに郷土には万鉄五郎という偉大な画家がいました。そのことをほとんど考えてみなかった僕も迂闊なのですが……当時、客のひとりが女将の亭主と、こんな話をしていたことを、思い出しました」

『おめもこんな陰気くさい絵さ買ってこねで、万鉄五郎でも入れたらどだ』

『そったら有名な絵が手に入るものかい』

『にしても……この暗さはなんとかならねが』

『確かに、暗れえな。チューンとかいう画家らしが』

『チューン、聞いたごとねな』

『おらも、ね』

そういうと、北の顔つきが目立って厳しくなった。「勘違いだったか」と呟く声も、どことなく暗い。済まないとは思ったが、事実だけに仕方がなかった。竹ノ内はと見ると、こちらは反応がまったく違っていた。目を見開き、信じられないといった表情で、鞄の中身を探っている。やがて一冊の本を取りだし、目まぐるしくページをめくると、日浦に差しだした。

「その絵は、こんな感じじゃなかったかい」

漆黒をバックに、一人の少女がたたずむ構図の肖像画である。

「ええ、似ていますね。感じが……でも少女ではなかった」

という日浦の声は、竹ノ内には届かなかったらしい。もう一度少女の絵を見ると、作者は「レンブラント」となっている。チューンではない。

「チューン。たぶんアルファベットで《TUNE》とサインが入っていたのだろう」

「そうですね、確かに、絵の左上にそんなサインが」

「間違いないよ、それは万鉄五郎の絵じゃない。ほぼ同時期に活躍した天才画家、中村彝（つね）の自画像だよ。彼の後期作品には明らかにレンブラントの影響を見ることができる。万鉄五郎とほぼ同時期に活躍したばかりじゃない、時期こそずれているが同系列の絵画研究所に所属していたこともあるんだ。二人の間になんらかの親交があって、その絵が花巻に残っていても不思議じゃないはずだ」

興奮して話し続ける竹ノ内に、日浦は「あの」と質問をぶつけてみた。

「もしもそれが、中村彝という人の絵だとして、どれくらいの価値があるのですか」

「本物ならば……楽に三千万の値が付くだろう。バブル最盛期の頃は、億近くの値が付いたそうだから」

「……億!!!」

「普通、中村彝のサインは《T．Nakamura》もしくは《彝》と書くのだが、ごくまれに《TUNE》と書かれたものが存在するんだ。非常にまれなケースだけに、その分値が付くかもしれない」

北も竹ノ内も、万鉄の亭主が古暮初美の兄であることを知らない。

十五年前に焼失した万鉄に、とんでもない価値を持つ絵画があったこと、そしてその絵を巡る犯罪行為という、ある意味でのダークファンタジーの解明に夢中になっている。

思いも寄らないパーツを見つけだしてくれた二人への謝意はあるものの、日浦は次第に頭の芯が冷たく醒めるのを感じていた。

自分は初美の命を受け、十五年前の放火犯を捜し出さねばならない。彼女が安らかな気持ちで旅立てるように。

――いや、それよりも……！

どのような形であるにせよ、いったんは離れた故郷と再び関わりを持つことに、日浦は喜びを感じていた。

ふと工藤を見ると。

じっと日浦を見つめるその顔が、すべてを肯定するように小さく上下に動いた気がした。

6

小鯛を昆布で締め柚をあしらった小皿を前にして、それには手も付けずに、日浦は工藤を凝視した。工藤もこちらを向いたまま、言葉を発しようとはしない。

互いが、タイミングを計りかねて、言葉に詰まっているかのようだ。

「工藤君は、もしかしたら何もかも察していたんじゃないのかな」

ようやく絞り出した日浦の言葉にも、工藤は返事を寄越さなかった。その沈黙が、何よりも事実を雄弁に語っていた。さらに沈黙が続く。

開店時間にはまだ一時間もある。仕込みの最中であることを知りつつ、香菜里屋を訪ねると、日浦を見るなり工藤は「どうぞ、お待ちしていました」と、招き入れてくれたのである。

温くなったビールが下げられ、新たなグラスが目の前におかれた。それが合図であったように、工藤がようやく口を開いた。

「例の東山さんの話、覚えていますか」

「ああ、突然招待された結婚式の」

「あれがどうしても、引っかかっていたのですよ」

グラスの中身をひとくち呑み込むと、ビールの苦みが舌全体に行き渡った。

「僕もそれは感じていた。彼の一件と僕の一件が、どこかで相似形を作っているかのような気がしてならなかったんだ」

「まさしく、その通りです。結婚式と十五周年のパーティ、そこに招かれた異邦人がどのような役割を果たすのか」

「僕はてっきり自分が、古暮初美さんの代理人として、十五年前の犯罪を暴く役割を与えられたのかと思っていた」

「もちろん、表向きはそうでしょう」

「けれど、そこにはもう一つの目的があったんだねえ」

グラスを半分ほど空けると、急に酔いが回ってきた。頭の芯に小さな渦巻きが生まれ、記憶の断片が綯い交ぜになって行く気がした。

「ところで、幻の中村彝は見つかりましたか」

「ああ、なんとか、ね」

「それは良かった」

「まったく、よって集って人のことを……まあいいか」


北と竹ノ内と会った翌日、日浦は会社に休暇願を出した。さほど忙しい時期ではなかったし、なによりも会社そのものがあまりの不景気に悲鳴を上げ、組合でさえも経営陣の出したリストラ案に頷くしかないような状況であったから、休暇願はあっさりと受理された。リストラ名簿に名を連ねることを決定されかねないと、日浦も十分に承知の上でのことだった。

すぐに花巻へと向かい、夕海と合流して十五年前の事件を日浦は調べ始めた。

といっても、図書館で古い資料を調べること、知り合いの地方新聞の記者に頼み込み、当時の新聞を調べることくらいが、二人の調査の限界だった。瞬く間に一週間ほどの日々が無為に過ぎ、そしてその間も初美の容態は悪化してゆくばかりだ。

十五周年記念のパーティに参加した客の名簿を使い、一人一人に当たることを提案したのは夕海だった。かつて万鉄にあったはずの幻の絵画のことを、

『思い切って正面からぶつけてみたらどうかしら。もしかしたら焦って、なんらかの動きを見せるかもしれない』

という夕海の言葉にはなんの根拠もなかったが、二人に残された方法は時間的にもそれしかなかった。夕海は初美の介護という大きな仕事を持つ身であったから、調査に当たるのはもっぱら日浦の仕事である。

パーティに参加した客の総数三十一人。その誰もが万鉄の話を持ち出すと表情を暗くし、言葉少なになった。

覚えていますか、万鉄のことを。

変わった主人でしたねえ、目利きでもないくせに、やたら骨董ばかりを集めて。

結局火事で店を閉めることになったけれど、そうでなくても早晩潰れていたでしょう。ところで、座敷に掛かっていた陰気な絵のこと、覚えていますか。

ほら、チューンとかいうサインの入った。

あれが万鉄五郎だったら、凄いことになっていたのだろうけれど。

親父は、絵に関してある程度の造詣があったのでしょうか。

だって万鉄の屋号は、万鉄五郎からとったのでしょう。

そうしたことを一人一人に聞いて回るうちに、さらに一週間が過ぎ、いよいよ初美の容態が危ういところまで来たとき、意外な報せが日浦の元に届いたのである。


「ねえ工藤君、どんな報せだったと思う？」

小首を傾げてやや考えた後、工藤が、さらりといってのけた。

「きっと花巻市内か盛岡市内の古美術商が、報せを持ってきたのでしょう。中村彝の絵を売りたいという人物が現れた、と」

「かなわないなあ。その通りなんだよ。もちろん、聞き取り調査を始める前に、僕と夕海と二人して、近隣の古美術商や美術館、博物館に手配をしておいた結果だがね」

「わたしでもそうしていますよ」

「その人物というのが、パーティの招待客とぴったりと一致した。高嶋というんだがね」

「そりゃあ、幸いでした」

「まったく人が悪いなあ、工藤君も」

無論、それですぐに結論が出たわけではない。前から自分が所有していたものだと主張されれば、反論の余地はない。事実その高嶋という男は、同様の言葉を日浦に返した。

逆転の機会を作ったのは、夕海だった。旧知の人物に片っ端から当たり、十五年前に万鉄の店内で撮影された写真を見つけだしたのである。座敷で撮影された写真には、そこに掛かっていた絵がはっきりと写っていた。

こうなると高嶋に反論の余地はない。

事件そのものは放火及び窃盗であるから、当然の事ながらすでに時効が成立している。今さら警察に訴えても、どうなるものでもない。が、人としての道義はどうなるのか。一枚の絵に対する物欲のために、万鉄の夫婦は失意のうちに死を迎えた。間接的ではあるが、あなたは二人の命を奪ったも同然ではないか。

己の何処にそのような熱意が潜んでいたものか。驚くほど雄弁に、そして苛烈な言葉で日浦は高嶋を責めたのである。

「高嶋氏は、なんといいましたか」

いつの間に、自分専用のグラスにビールをついだのか、工藤がそれを片手にいった。その口調が、何もかも見通しているようで癪に障ったが、不思議と不快ではなかった。

「謝りましたよ、実にあっさりと」

「でしょうねえ」

「この絵は、万鉄の主人の妹である初美のものだ。これを彼女に返却することで、すべてを水に流してくれ、とね」

そういって、日浦はグラスの中身をすべて喉の奥に流し込んだ。

――あのときは、それですべてが解決したと思ったんだ。

だが、そうではなかったのである。


高嶋を伴い、初美の病室を訪れた日浦は、ことの顚末(てんまつ)を彼女に語って聞かせた。身体こそ寝たきりではあったが、幸いなことに初美の意識はまだしっかりとしており、日浦の言葉にいちいち頷いた。そして、話し終えた日浦に初美がかけた言葉はあまりに場違いで、唐突な内容だった。

「日浦ちゃん、仕事、どしたの」

「仕事って、んなこと気にすんな」

「休暇届さ、出したの」

「ま、な」

日浦は言葉を濁すしかなかった。調査を開始した当初、会社に出したのは一週間の休暇願だった。それが切れる頃、会社に電話を掛けて延長を願い出ると、返ってきたのは「これ以上の休暇は認められない。どうしてもというなら、すぐにでも退職願を出して欲しい」という、半ば命令じみた言葉である。だからといって、調査をやめるわけにはいかなかった。そんなことを日浦は思いつきもしなかったのである。すぐに辞表を書いて会社に郵送し、日を見計らって電話を掛けると、即日受理された旨が伝えられた。

「気にするな、初美ママ。俺はどこでも食ってけるから」

「そう、会社。辞めたんだ」

その時だった。十五年前の犯罪者であるはずの高嶋が、意外な言葉を漏らしたのは。

話し疲れて一休みしている間に、工藤が鶏の砂肝(すなぎも)を炒(い)りつけた小皿を持ってきた。

「すべては、初美さんによる演出だったのですね。十五周年のパーティも、あなたを十五年前の犯罪調査に巻き込んだのも」

「いつ判ったんだい」

「北さんの話を聞いてから……なぜか違和感を覚えて仕方なかったのですよ。話が出来過ぎてはいないか。万鉄にあった幻の中村彝も、それを手に入れるために行われた放火も。あまりに理路整然としすぎて、安っぽいドラマを見ているような気がしてならなかったのです。それで、この一件には、全く別の側面があるのでは、と」

「それで、東山氏のことを重ね合わせて考えたのか」

「こんなことを考えてみたのです。今しも一人娘を残して亡くなろうとしている女性がいる。彼女は娘の行く末が気になって仕方がない。誰か良い人に嫁がせ、できることなら夫婦二人で店を続けてくれたなら、いうことはない」

「けれど、まさかあんなことをねえ」


あの日、病室で。

高嶋は、初美に、

「良がったな、まんずすべてがうまぐいって」

そういって笑いかけたのである。犯罪者でもなんでもない、善良そのものの目に涙まで浮かべて。初美もまたしきりと頷いている。夕海も。まったく事態を把握していないのは日浦のみであった。

事態がようやく理解できたのは、夕海が「ごめんなさい」と謝って、しばらく経ってからのことだった。

「女性は時として大胆なことを考えますね」

「まさか、僕を東京から引き戻すためにすべてが計画されたものだったとは」

十五周年のパーティの夜、日浦にどうしても会いたいという人がいる、といった初美の言葉は、娘のことを指していたのである。

娘の希望を叶えてやりたいと願った初美は、知人の幾人かに相談を持ちかけ、そして今回の計画が立てられた。

十五年前の犯罪という要素をパーティに潜ませ、その調査に日浦を当たらせる。そのために日浦が長期の休暇を取り、ついには退職に追い込まれるように仕向けることが、目的だったのである。

「でもね、一つ腑に落ちないことがあるんだ。僕がここまで調査にのめり込んでしまうことが、どうして予測できたのだろう」

日浦の言葉に工藤が首を横に振った。

「予測などできるはずがありません。賭けだったのですよ」

「賭け？」

「自分の最後の願いを、職を無くしてでもかなえてくれるだけの熱意がなければ、どうして娘の将来を託せるでしょうか」

「なるほどね」

まだ疑問はあった。たまたま中村彝の絵に行き着いたから良いようなものの、北や竹ノ内の助勢がなければ、とうていあの結論に辿り着くことはできなかっただろう。そうなったら計画は頓挫してしまったのではないか。

少し酔いを滲ませながらいうと、工藤はヨークシャーテリアそっくりの笑みを浮かべ、「たぶん、計画はもっと大胆であったはずです。日浦さんが十五年前の事件からどんな要素を引っぱり出してきても、対応できる態勢になっていたはずです。いえ、それが可能な人間ばかりを集めて、パーティを開いたといっても良いでしょう」

「じゃあ、僕が中村彝ではなくて、全く別の要素を探り当てていたら」

「高嶋氏ではなく、別の人間が登場して、別の犯罪譚が紡がれたことでしょう。もっとも……万鉄という特殊な要素を持ち出した時点で、古美術に関わる話が自然に生まれるようには、仕組まれていたでしょうが」

唐突に、夕海の顔が思い出された。

「そういうことか……」

「おわかりですね」

「ああ、僕の動き方次第でシナリオを変更し、作っていたのは夕海だったんだ」

「彼女を責めますか」

責められるはずがなかった。ともに調査をし、そしていつの間にか「夕海ちゃん」ではなく「夕海」と呼ぶようになった、彼女を責めることなどできようはずがない。

「それでね、工藤君」

日浦の前に、ワイングラスが二つ、そっと置かれた。

今月中にアパートを引き払い、花巻に帰る準備はもう済ませてある。

そのことをどう伝えようかと迷う日浦に、

「長い間、手前の店をご贔屓(ひいき)にして頂きありがとうございました」

深々と頭を下げた工藤が、そういってワインのグラスを手にした。日浦は無言のままグラスを持ち、いったんそれを頭上に差し上げて、中身を一気に飲み干した。

桜宵

1

東急田園都市線三軒茶屋駅から世田谷(せたがや)通り沿いに、アーケードを二十メートルばかり進んだところで、神崎守衛(かんざきもりえ)は立ち止まった。上着の内ポケットから一枚の紙を取り出すと、そこに書かれた簡単な地図を確かめ「ここから通りを一本はずすのか」と呟いた。

その肩に、どこから飛んできたものか一枚の花びらが、降りかかった。

さらに一枚。

――桜……か。

初春の気温が高かったせいか、四月に入ったばかりだというのに、すでに桜は季節を終えようとしている。そんなニュースを見聞きしたことを思い出した。振り払うつもりが、花びらはなぜかその場所にしがみついて離れようとはしない。おおかた上着の繊維にでも引っかかっているのだろうが、「連れていって」と懇願されている気がして、神崎はそのまま歩き出した。

商店街からさらに路地へと向かうと、駅周囲の賑わいが嘘のようにあたりは静かな住宅街となる。頼りない街灯の光と光の間隙に、深い闇がうずくまっている。その先に、白い等身大の提灯がぽってりとした光を湛えているのが見えた。

書き手の性格が看て取れそうな伸びやかな文字で《香菜里屋》とあるのを確認して、神崎は焼き杉造りのドアに手をかけた。

「いらっしゃいませ」という男の声。店内に目を遣ると、見回すほどのこともない小体な造りで、十人ほどの客がやっと座れそうなL字形のカウンターに小卓が二つ、そしてワインレッドのエプロンを身につけた男が一人、間接照明の鈍い光の中に浮かび上がっている。

スツールに腰を下ろすと同時におしぼりが手渡され、「少し冷えたようですね、昨日まではいい陽気だったのですが」と、常連の客にでも話しかける口調で、男がいった。馴れ馴れしいわけではなく、また押しつけがましいわけでもない。それがこの店の自然体であるかのような、つい「まったく変な気候だよ」と応えてしまったほどの柔らかな口調であった。

「ビールをください」

「普通の度数でよろしいですか？」

「普通……というと？」

男は、店にアルコール度数の違うビールが常に四種類揃えてあること、もっとも強いものは十二度あってロックスタイルで飲むこと、などといったことを例の口調で説明した。

「驚いたな。じゃあ二番目に強い度数のものを」

間もなくジョッキではない、細長いグラスに満たされたビールが運ばれてきた。どこかの居酒屋でジョッキに乱暴につがれたものとはほど遠い、クリームを思わせる泡が目を引いた。口を付けるのが躊躇われるほどの造形、早く口を付けなければ非難されそうな一瞬の職人技。カウンターの中で微笑む年齢不詳の男の、どこにこんな技術が秘められているのだろうかと、神崎の胸の裡にふと詮索の思いが過ぎった。

グラスの中身を半分ほど胃の中に納めた頃を見計らってか、男が差しだしたのは二つ折りのフードメニューだった。これまで見たことも聞いたこともないメニューに戸惑っていると、

「メニューにはありませんが、今日は少し変わった揚げ出し豆腐ができます」

男の一言が助け船に思えた。

「そりゃあ、ありがたいな」

揚げ出し豆腐ならば、神崎の理解の範疇に属しているし、財布の中には十分な額の紙幣を用意しているとはいっても、やはり値段が気に掛かる。ところがカウンターの奥に設えられた厨房に男が消え、数分の後に戻ってきて彼が差しだした小鉢の中身は、神崎の経験則を遥かに凌駕していた。見た目こそただの揚げ出し豆腐だが、四ツ割にされた豆腐の一つを口にした途端、未知の味覚が舌全体に広がった。微かな辛みと磯の香りが、舌を心地よく攻撃する。それをビールで洗い流すと、あとに大豆の仄かな甘みが残った。さらに神崎を驚かせたのは、残り三つの豆腐のすべてが、異なる味わいを持っていたことであった。全体にかけ回されたつゆからして、違うようだ。

「いかがでしょう、気に入っていただけましたか」

「うん、こいつは……なんといっていいのか」

「かたく水切りをした豆腐を四ツ割にし、さらにそれぞれ二枚にスライスしまして、中に四種類の具……洋辛子と焼き海苔、明太子の生クリームあえ、生雲丹、生ハムとホースラディッシュを別々に挟んで揚げてみました。多少洋風がかっていますので、コンソメのスープをつゆに仕立ててみたのですが、お口に合いましたか」

　そう説明されたところで、神崎にはよく判らない。酒を口にするようになってから三十年。およそこうした雰囲気の店とは無縁で、同僚と足を運ぶのは焼鳥屋か居酒屋、せいぜい気張って安手のスナックだった。

　――たぶん、あの手紙がなければ……。

　こんな店が存在することすら知らなかっただろうと、神崎は思った。

「うん、おいしいよ。初めて食べる味だが、本当においしい」

「ありがとうございます」

「マスター、あなたの名前は？」

「工藤です。工藤哲也といいます。これからもどうかご贔屓に」

「住まいが遠いので、簡単に足を伸ばすことができないのだが」

　何気ない一言に、工藤が反応した。どこか眠たげで、エプロンに縫い取られたヨークシャーテリアを思わせる風貌の、その瞳の奥に一点の光が宿ったような気がした。

「もしかしたら」といったまま、工藤は言葉を切って小首を傾げた。

「どうかしましたか」

「間違えたらごめんなさい。もしかしたら神崎守衛様ではありませんか」

今度は、神崎が言葉に詰まる番だった。日頃から氏素性(うじすじょう)についてはなるべく安易に公開しないことが習い性になっている。だが、工藤の問いに、「違うよ。田中だ」ととっさに応えたのは、そうした習慣ゆえではなかった。

『東京都世田谷区三軒茶屋に、《香菜里屋》という名の店があります。おいしいビールと料理が楽しめる素敵なお店です。一度訪ねてみてください。わたしがあなたに贈る最後のプレゼントを用意しておきました。どうか店のご主人に会って、わたしの名を告げてください。それですべてが通じるはずです』

神崎が、ちょうど一年前に病没した妻・芙佐子(ふさこ)のそんな手紙を発見したのは、つい先日のことだった。仕事柄家に帰らぬ日も多く、そのおかげで芙佐子の臨終にも立ち会えなかったが、一年かけて彼女の遺品を少しずつ整理するうちに、手文庫の中から発見したのである。

手紙そのものも意外であったが、それよりも芙佐子が、

——どうして三軒茶屋の、ましてやビアバーなど……。

知っているのかが、不思議でならなかった。神崎の住まいは埼玉県新座(にいざ)市。勤務先も市内である。そして神崎の知りうる限り、妻の芙佐子はおよそ自己主張というもの

がない、よくいえば万事につけて控えめな、逆の表現を用いるなら内向的で常になにかに怯えているような性格だった。夫である自分にさえもふとした拍子に怯えの表情を見せ、神崎にいいようのない掻痒感と苛立ちを覚えさせることが、しばしばあったほどだ。遠く世田谷区の三軒茶屋までやってきて洒落た店を見つけ、そこになにかを託すことのできるような性格ではない。

あるいは不幸にして背負い込むことになった死病が、彼女に最後の勇気と行動力とを与えたのかもしれない。

だとすれば、自分には妻の最後のプレゼントを受け取る義務がある。そしてその店で妻がどのような話をし、どのような表情を見せたのかを知らなければならない。仕事ゆえにという理由で、彼女のことをほとんど顧みなかった日々を、贖わなければならないという気持ちもどこかにあった。

気づかぬうちにスツールは、幾人かの客によって占められていた。ほとんどは常連らしい。客と工藤とのやりとりを見るとはなしに見、聞くとはなしに聞いているうちに、おぼろげながらこの店の流儀のようなものがわかってきた。フードメニューを見る客はほとんどいない。魚が食べたいか、肉が食べたいか、揚げ物か、焼き物か、あるいは煮物か。ごく簡単なやりとりの中で工藤が勧める一皿を、客は躊躇なく注文しているようだ。

「変わった店でしょう」

思いついたように話しかけてきた男がいた。空きのスツールを一つおいて右側に座ったその男が、人懐こそうな笑顔で「けれどいい店でしょう」と重ねていった。笑顔ではあるが、その下に思惑を隠し持っている。神崎が住む世界では極めて日常的な笑顔である。

「ええ、偶然見つけたのですが、実にいいお店ですね」

「お仕事ですか」

そういいながら、男は暗に「同業者ですね」といっている。なにもいわずとも、長くこの世界の空気に触れていると、独特の気配を身につけてしまうものらしい。神崎が同業者であることを、男が見破ったように、神崎もまた男が話しかけたと同時に、彼の職業を看破していた。

「いいえ。完全なプライベートです。近くに知り合いがいましてね」

「そうでしたか」

だが、男は笑顔の下の思惑、猜疑心と警戒心を解こうとはしない。なにかとなわばり意識が強い仕事である。

「世田谷署の木村です」

「新座署の神崎です」

先ほど工藤に使った偽名ではなく本名を名乗ったのは、後で照会でもされて、面倒なことになるのを防ぐためだ。

「本当に、事件では」

「本当です」

二人のやりとりは極めて簡潔で、しかも周囲の会話にすぐに溶けてしまう独特のしゃべり方をしている。張り込み捜査の最中に、路上での報告などでよく使われる会話法である。他の客や工藤に聞かれる心配はない。

「……よかった」

「よかった？」

「ええ、この店はわたしにとって大切な安らぎの場なのですよ」

「ははあ、なるほど。わかる気がします」

どうやら木村は、なわばり意識で声を掛けてきたのではないようだ。店が事件に巻き込まれるのを、恐れてのことらしい。もしかしたらここでは別の職業を名乗っているかもしれない。なにかと色眼鏡で見られることの多い仕事ではあるし、そんな煩わしさをすべて省いて、ただ柔らかな酔いと料理のおいしさに身を委ねていたくなる空気が、ここには存在する。

いつの間にか、尻の下のスツールが、ひどく座り心地が良くなっていることに気がついた。立ち上がろうという気持ちが希薄になって、「あと少しだけ」長居したくなっている。そして「あと少し」は、幾たびも繰り返されそうな予感がした。

「工藤君、小腹が空いたのだけれど、なにかあるかな」

客の一人の注文に、工藤は少しだけ思考の時間をおいた後「二十分ほどお待ちいただけますか」と応えた。

「なにができるのだろう」

「ちょうど、春蛸の良いものが入っていますから」

「うまそうだ。すべてお任せするよ」

こうした会話の後に工藤が供する逸品が、客を失望させることはまずないのだろう。二人のやりとりが、それを雄弁に語っている。この店の常連であることは、様々な意味で喜びなのかもしれない。

——それにつけても……芙佐子はどこでこの店を知ったのだろう。

香菜里屋という店への理解が深まれば深まるほど、店と妻との関係という一点において、謎が色濃くなってゆく。

きっかり二十分後。厨房から小さな盆を持って、工藤が現れた。湯気の立つ二つの器はどうやら汁物と飯。小皿は香の物らしい。飯をひとくち口に運んだ客が、「こいつは！」といったまま、あとはひたすらに食欲の権化と化してしまった。

「いかがですか」と、工藤が小鉢に紅色に染まった飯を盛ってくれた。

「いいのかい」

「少し多めに炊いたものですから」

そういって、工藤は神崎のみならずすべての客に、小鉢を配って回った。

「蛸そのものが実にいい味を出してくれるので、出汁は使用していません。岩塩と色づけの醬油を少々のみで、炊きあげてみました」

炊き込みご飯を舌に乗せ、軽く咀嚼した瞬間、神崎は妻の手紙に書かれた「最後のプレゼント」の意味を理解した。

同じ味の炊き込みご飯を、何度か妻が作ってくれたことがあった。ただし、色が違う。工藤が作ったのは紅色の炊き込みご飯だが、芙佐子のものは薄い緑色だった。「茶飯です」といっていたくらいだから、緑茶の緑を利用していたのかもしれない。

――そうか、これを食べさせたかったのか。

一年という歳月がようやく癒(いや)してくれつつあった喪失感(そうしつかん)が、酸味と甘みとを伴って甦(よみがえ)った気がした。

だが。小さく誰にも聞こえぬように「ありがとう」といおうとした神崎の耳に、

「うまいねえ、工藤君。やはりこの季節は桜飯に限る」

食事を終えた客の言葉が届いた瞬間、甘く切なかったはずの感情が暗転した。

「桜飯？」

神崎の問いに、工藤が「ええ、一部ではそう呼ばれています」と応える。それは何気ない一言ではあったが、神崎にはあまりに残酷で、しかも絶望的な宣告でもあった。

――妻が作っていたのは、薄緑色の桜飯だった。あれは御衣黄(ぎょいこう)を指していたのか。

そう考えただけで、背筋のどこか深いところに、しんとした冷気を感じずにはいられなかった。

2

《御衣黄》という名の、奇妙な桜を知ったのは五年ほど前のことだ。

その頃神崎は刑事部捜査二課に配属されていて、ある取り込み詐欺事件の捜査に当たっていた。詐欺事件といっても被害総額は小さく、専従の捜査員は神崎を含めてわずか二人。神崎に与えられた仕事は、被疑者と目される人物に関係する、一人の女性の監視であった。

高任由利江。二十三歳。被疑者が接触する可能性があると上司はいうが、周辺の調査を進めてみても、その可能性は極めて薄いと思われた。要するに、まともに専従捜査員をあてられないような事件の、さらに捜査の本道から離れた任務に神崎は就かされていた。特に落ち度があったわけではない。単に上司との相性が良くないとしかいいようがなかった。警察とは、良くも悪くも濃密な縦社会関係によって支えられる組織であり、異議を唱えることの許されない世界だった。

そうした環境に、神崎は倦んでいた。かといって警察官を辞めてしまうほどの蛮勇も持ち合わせてはいない。もしかしたら倦んでいたのは、上司からの命令に唯々諾々と従うしかない自分に対して、かもしれなかった。

高任由利江の日常がまた、退屈としかいいようがなかった。

朝七時過ぎに起きてきて、パジャマ代わりのジャージに地味なカーディガンを引っかけてゴミを出す。きっかり三十分後に朝食と身繕いを済ませて、新座市内の小さな商社に出社。昼食はたった一人で近くの公園で弁当を遣い、午後五時十分には退社する。付き合っている男がいるふうでもなく、またアフターファイブをともに楽しむ同僚がいるわけでもない。スーパーで一人分の食事に相当する材料を買い求めて六時過ぎに帰宅。趣味は週に二度ほどレンタルビデオを借りてきて、映画鑑賞。神崎の知らない女性アーティストのCDを、繰り返して聴く夜もあるが、特に熱中している様子はない。日曜日に川越に出かけることがあっても、何軒かの書店とCDショップをのぞくか、カジュアルなイタリアンレストランで彼女の給料に見合った食事をするだけ。

中肉中背。決して不美人ではない。いや、多分美人の部類に入るかもしれない。それだけに、ファッションのことなどまるでわからぬ神崎をしてさえ、――もう少し身なりを整えれば、十分に華のある女性に変身するだろうに。と、思わせる地味な存在だった。

わずか二週間の監視で、神崎には高任由利江の日常が手に取るようにわかった。同時に、彼女が取り込み詐欺の被疑者とまったく無縁であることも。

少なくともそのつもりだったが、状況に変化が現れたのは四月も半ば過ぎのことだった。

日曜日。由利江が借りているアパート近くに駐車したセダンの中で、動向をうかがう神崎の横を、薄緑色で統一されたワンピースに身を包んだ高任由利江が通り過ぎていった。華やかというほどの服装ではないが、日々の由利江から比べれば天と地ほどの差がある。

とっくに鈍化していたはずの直感が、急速に本来の機能を取り戻した。

——誰かに会うつもりだ。

十分に間合いを取った後、車のドアに手をかけながら神崎は、それが取り込み詐欺の被疑者であることを、切に願った。ある種の感情が胸の中で急速に膨れ上がっていった。警察官としての正義感などでは、断じてない。上司の理不尽な仕打ちへの怒り、鬱積した思いのはけ口を、被疑者の身柄確保の瞬間に求めた。

武蔵野線から京浜東北線、大宮で東北本線へと乗り換え、由利江が下車したのは久喜駅だった。そこからタクシーにのって、北本方面へと向かった彼女はK公園で下車した。

すでに桜は花の季節を終え、客も疎らな菖蒲池のまわりを、なにかを目指す足取りでまっすぐに進んでゆく。そのあとを尾けながら、神崎は次第に気持ちが静かになるのを感じていた。理性が精神の高ぶりを抑えているわけではないようだ。

——どこに行くつもりだ。

由利江の姿は、ともすれば景色にとけ込んでいくようで、上下に小さく揺れるその背中が、現実のものとは思えなくなりそうだった。

やがて由利江は、薄緑の花をいっぱいにつけた樹木の下に到着すると、そこに設置されたベンチに腰をかけた。

——そうか、ワンピースの薄緑は、花の色に合わせるために。

由利江の姿は花と一体となり、それは一幅の絵を思わせる光景だった。


「その時は、薄緑色の桜が御衣黄という名前だとは知らなかった」

そう工藤に告げながら、神崎は自らの気持ちに生じた変化に、戸惑いを覚えた。

打ち明け話などする柄ではない。しょせん個人が抱えた問題は、自ら処理する以外に解決の方法はないという気持ちに変わりはない。ところが先ほど、春蛸を使った炊き込みご飯を食べさせられ、それが「桜飯」と呼ばれることを知って、神崎は平静ではいられなくなった。

客が引くのを待って「田中と名乗ったが、実はわたしが神崎です」と告げると、工藤は柔らかな表情を変えることなく「やはり」といったのみだった。そこから会話が始まり、いつの間にか神崎は、妻が作ってくれた緑色の桜飯のこと、そして五年前の出来事を語っていた。

「薄緑色の桜……御衣黄ですか。確か貴族や天皇家の人々がまとう召し物を《御衣》といったそうですね」

「それが薄緑色なので、この名が付いたそうだ」

「なるほど。で、その女性の元に取り込み詐欺の犯人は現れたのですか」

「いや、誰も来なかった。彼女は日が傾くまでその場所に座り、そして自宅に帰っていった」

「やはり誰かを待っていたのでしょうか」

「そうとしか考えられない。なぜなら」

神崎は話を続けた。

高任由利江が薄緑色の桜の下で一日を過ごした翌日のことだ。神崎は、またしても同じ服装で出かける由利江を、尾行することになった。

彼女の行き先はやはり同じK公園。同じ木の下のベンチに座り、誰かを待つように一日そこで過ごし、無為のまま帰宅する。念のために勤め先に電話を入れ、保険外交員を装って由利江を呼び出してもらうと、二日間の休暇を取っていると、返事があった。

「すると、彼女はさらに翌日も」

「そうなんだ。同じ服装で三日間、同じ場所に座り、そして誰にも会うことなく部屋に帰っていくんだ」

「不思議なお話ですね。でも」

工藤は、その先を続けなかった。二度、三度と右の目を瞬かせ、鼻の横を掻く仕草はなにかを逡巡しているように見えた。

「どうしたのかい」

「いや、大したことではないのですが……もしかしたら神崎さんは、高任由利江さんを観察していただけではないのではありませんか」

「どうしてそれを！」

どこか茫洋としてつかみ所のない、工藤という男の思わぬ一面を見せられ、神崎は驚いた。

彼女がK公園に赴いて三日目のことだった。ベンチでじっと座る彼女に、一人の酔漢がちょっかいをかけた。花の季節が終わったとはいえ、客がまるでいないわけではない。遅めの宴を楽しんでいたいくつかのグループの一人が、ベンチにたたずむ由利江に目を付けたのだ。最初のうちこそ遠慮がちに酒席に誘っていたが、由利江が頑なに拒むと、誘う側も徐々に強引になっていった。終いには彼女の手首を摑み、酔漢がベンチから引き剝がす勢いで引っ張るのを見るに及んで、神崎は迷った。偶然通りかかった客を装って止めにはいるのは簡単だが、そうなるとこれから先の監視が難しくなる。監視対象との接触をできる限り避けるのは、捜査の常識だ。

迷った末に、神崎は行動を起こした。彼女が休暇を取っているのは二日間。だとすればこの場所での監視は、今日で終わりだ。明日からはまた、セダンの中から密かに監視をすればよいのだからと、自らに言い聞かせて、二人の間に割って入った。

「今から思うと、わたしもどうかしていた」

「どうかしていた？」

「彼女をずっと監視しているうちにね、奇妙な親近感というか、次第に精神が同調するような感覚が……ああ、参ったな。わたしはなにをいっているんだろう」

これこそが工藤の最高の能力なのだと、確信した。この男の前で、人は心にベールを被せておくことができないのではないか。こんな男が警察官だったら、犯罪者は生きた心地もしないに違いない。

結局、彼女の監視は翌日で打ち切られることになった。事件に当たっていたもう一人の捜査員が、被疑者の身柄を確保したと連絡が入ったからだ。

それで高任由利江との接点はなくなった。そのはずだった。

「でも、神崎さんは翌年もK公園の御衣黄の下に出かけた。彼女がいるのではないかと、密かに考えて」

「…………」

「だって仰有いましたものね。その時は御衣黄という名前だとは知らなかった、と。失礼ですが、先程からのお話で、神崎さんがわざわざ薄緑色の桜の名前や、その由来を調べるような人物とは思えないんです。だとすると、神崎さんにそのことを教えた人物がいなければならない」

「だからといって、どうしてわたしが翌年もK公園に出かけたと？」

「彼女が誰を待っているのか。もしかしたら彼女は毎年、御衣黄の咲く季節になるとあの場所で、三日間、誰かを待ち続けているのではないか。あなたはそう考えた」

神崎は首を振り「参ったな」というほかなかった。

工藤の言葉は、当時の神崎の思いを正確に再現していた。確信していたわけではないが、高任由利江が今年も御衣黄の下にたたずんでいる気がして、再びK公園を訪れたのは紛れもない事実だった。幾度か管理事務所に電話を入れ、御衣黄の開花がもっとも盛んな時期を調べて公園を訪れると、彼女はやはり同じ場所にいた。

あとは、ありふれた男女の出逢いと再会が演出されただけのことだ。

「やあ、確か去年も」「その節はお世話になりました」「わたしもこの樹がすっかり気に入ってしまって」「それで、今年も」「ええ、新座から見物にやってきたのですよ」

とりとめもない会話が重ねられ、その中で神崎は花の名前と由来を知った。

さらに翌年、二人は再び同じ場所で再会を果たした。

その翌年も。

だが二人が出会って四年目の去年。神崎は御衣黄の季節に、K公園を訪れることができなかった。芙佐子が前の年の暮れに入院。数ヵ月の闘病の末に息を引き取ってしまったのである。初七日の法要を済ませたときには、すでに薄緑色の花は散ったあとだった。念のために公園を訪ねてはみたが、彼女の姿はなかった。それだけではない。密かに訪ねた高任由利江のアパートの郵便受けには、まるで違う男の名前が掲げられていた。

そうしたことをぽつりぽつりと話し終えると、いつの間にか、新たなビールを注いだグラスが目の前に置かれていた。それを飲み干し、神崎は先程から気になっていたことを、思い切って口にしてみた。

「工藤君、妻の芙佐子は君に、緑色の桜飯を作るように依頼したのではないのか。わたしが店を訪ねたら、食べさせるように、と」

「はい。そのようにご注文を受けました。さっとゆでた蛸の足から吸盤と赤い皮を完全に取り除き、醬油のかわりに白醬油を、そして抹茶を使って色づけをするレシピをいただきました」

「やはり……そうだったのか」

「今からお作りしましょうか。いつでもご用意できるよう、材料は揃っています」

神崎は即座に首を、横に振った。

口にする必要はない。芙佐子のメッセージは痛いほどよく理解したつもりだった。

「あなたはあの女性のことをうまく隠しておいたつもりでしょうが、わたしにはすべてわかってたのよ」と、振り絞るような芙佐子の声が、耳元で聞こえる気がした。

「高任由利江の移転先を調べることくらい……」

「神崎さんなら、簡単にできたでしょうね」

「だが、敢えてそうしなかった。彼女がそれを望んでいるとは思えなかったし。妻にも済まないと思った。いや、妻は高任由利江の存在すら気がついていなかったと、愚かにも確信していたんだ。だが違った。妻は、芙佐子は知っていたんだよ。だからこそわたしには茶飯と偽って緑色の桜飯を作り、そして自分の死後、本当の料理名をこの店で報せようとしたんだ。これは妻の、わたしに対する」

復讐。その言葉を口にすることが耐えようもない苦痛に感じられた。結局は唇を引き絞り、沈黙の人となる以外になかった。

工藤は工藤で、「薄緑の桜飯」と呟いたきり、小首を傾げたまま動かなくなった。

ややあって、「もしかしたら」と落ち着きの中に確信を滲ませた声で工藤がいった。

「高任由利江さんは、誰かを待っていたのではないかもしれませんね」

「待ってはいなかった?」

「可能性のひとつ……いえ多分、彼女はそこに座っていなければならなかったのです」

「どうして」

「毎年、薄緑色の御衣黄がもっとも美しく咲く三日間、彼女はそこに座って誰かにその姿を見せていたのではありませんか。そうすることが、ある種の約定であったとしたら」

約定などという古めかしい言葉が工藤の唇からもたらされると、盤石の重みを持って聞こえた。

「そして神崎さんの奥様も、そのことに気がついていたのでしょう」

——ある種の約定。

という工藤の一言が、神崎に再び久喜市を訪れる決心を促した。

3

「要するに、中年男の体のいい純愛話をでっち上げたかっただけだ。俺は」

車のハンドルを握りながら、神崎は吐き捨てた。

香菜里屋を訪れた夜、工藤にも話していないことがあった。一年に一度、御衣黄の下での逢瀬の時間を持つようになった二人は、文字通り逢って話をするだけの間柄であった。今から思えば青臭い、けれど、だからこそやるせないときめきをいつまでも維持することができた、ともいえる。あと一歩踏み出せば、ただの痴情に堕ちてしまうことは明白だった。高貴を気取ったわけでも、純愛を夢見たわけでもない。感情を危ういところでコントロールすることで、関係を維持していただけのことだ。

工藤には四年目に逢瀬の地に赴くことができず、それが二人の別れになったと説明した。不思議な洞察力を備えた工藤のことであるから、本当はそうでないことに気づいたかもしれない。けれど、神崎はどうしても話すことができなかった。

二人の別れは、出逢いから三年目にあたる逢瀬でほぼ決定していたのである。逢うそうそう「今日はお酒を飲みに連れていってくれませんか」といった由利江も、尋常な雰囲気ではなかった。結果的に彼女にとって酒は、二人の関係を一歩踏み出す儀式に過ぎず、神崎もまたそれを容認した。大宮市内のホテルで神崎は由利江を抱き、ひどく中途半端な気持ちを持て余したまま、翌朝二人は別れた。

工藤には妻の死とその後のごたごたがあってK公園には行けなかったといったが、事実は少し違う。行けなかったのではない。行かなかったのだ。そのくせ、彼女の不在がわかっていながら御衣黄の季節をわざとはずして出かけ、未練と安堵を確認した自分をいっとき責めたこともあった。

——どうして彼女は俺に抱かれたがったのか。

その疑問は以前からあった。安手の性愛小説ではないのだから、さほど簡単に男女が結びつくことなどあり得ない。神崎は安易な関係を望んではいなかったし、由利江がその手の女であったら、年に一度の逢瀬などという面倒なことはしなかっただろう。

抱き続けた疑問に工藤の言葉が重なったとき、神崎は衝動を抑制できなくなっていた。

高任由利江は誰に自らの姿を見せようとしていたのか。

なぜ御衣黄の季節でなければならなかったのか。

それが約定であったとするなら、二年前を境になぜ中断してしまったのか。

疑問はまだある。

芙佐子はどうして由利江の存在を知り得たのか。

なぜ最後の復讐を香菜里屋の工藤に託したのか。

なんの答えも見いだせないまま、神崎の乗った車は久喜市に到着した。

K公園で神崎を迎えてくれたのは、あの懐かしい日々と同じ御衣黄だった。通年ならば四月半ば、ソメイヨシノの次に花をつける種類だが、近年の気象異常はここにも変化をもたらしているらしい。

——あのとき……。

二年前、最後の逢瀬の日を思い出そうとした。

いつの年もそうであったけれど、神崎が由利江と語らうのは彼女が御衣黄の下で過ごす三日間のうちの一日。それもほんの一時間か二時間ほどの僅かな逢瀬に過ぎなかった。毎年公園管理事務所に御衣黄の開花の具合を確かめ、さらに遠くから由利江の姿が花の下にあるのを確かめてから、偶然と必然の産物のような顔をして彼女の前に現れたのである。二年前も同じだった。

同じでなかったのは、彼女の様子だ。

木の下に設置されたベンチに、高任由利江がそうしていたように神崎も座ってみた。あの日の由利江の姿をイメージで再現してみる。二百メートルほど先から、我が身を隠すように近づく神崎。ベンチに座った由利江はまっすぐに前を見ていた。

なぜ御衣黄の季節でなければならなかったのか。漠然とした推測がないではなかった。ソメイヨシノの季節は花見の客で公園内はごった返す。誰かにおのが姿を見てもらうには不向きだろう。御衣黄はソメイヨシノが散ってからの花種であるし、薄緑色の花も珍しい。なによりも、他の桜が散ることによって、公園の見通しはぐっと良くなる。菖蒲池の向こう側からでも、木の下にたたずむ由利江の姿ははっきりと見えたはずだ。

あの日。由利江はまっすぐに菖蒲池の対岸を見つめていた。

唇が微かに動いていたようだ。話しかける相手は近くにいない。それでも断続的に動く唇は、なにかを歌っていたのではないか。

神崎の記憶が、その夜、ホテルで過ごした瞬間に飛んだ。

夜半、ふと目を覚ましたのは微かな歌声を聞いたからだ。歌うというよりは呟きに近かった。かすれた声で由利江が歌っていたのは、

——あれは……とおりゃんせ……じゃなかったか。

二週間ぶりに三軒茶屋を訪れると、香菜里屋は意外にも暇で、工藤が時間を持て余すようにグラスを磨いていた。

「少し、小腹が空いたな」

スツールに腰を下ろし、ビールを注文する前にそういうと、「春キャベツとアンチョビソースで、パスタでも仕立てましょうか」と工藤の声がすぐに返ってきた。そういわれてもよく判らないが、工藤の作るものに間違いがあるとは思えないから「頼む」というと、すぐにビールのグラスが目の前に置かれ、入れ違いに工藤の姿が厨房に消えた。

およそ十分。工藤が木製の平椀に盛ってきたのは、魚介の濃厚な香り漂うパスタだった。「どうぞ」と差し出し、なにもいおうとしないところに相当な自信がうかがえた。一応フォークがセットされていたが、そんな面倒なものを使う気はなかった。箸

を手にして、うどんやそばと同じ手繰りかた、啜りかたで口中にパスタを運ぶ。

キャベツの甘み、アンチョビの塩気、癖のあるオイルの香り。詳しいことなどなにもわからないが、そうしたものがこのパスタの本領なのだろう。しかし、それだけではなかった。イタリアンなどというものにまるで縁のない、ということは相当な味覚のギャップが生じるはずの神崎の舌に、パスタはぴったりと馴染んでいた。

僅かな時間で平椀の中身をすべて平らげ、ビールの残りを一気に飲み干して「うまかった」というと、ようやく工藤が、

「お口に合って何よりです」

かわりのグラスを差しだした。

「やはりアンチョビソースと醬油の相性が良かったのですね」

「というと、ソースの中に醬油を？」

「いえ、麵を茹でるときに塩と一緒に醬油を少々。直接ソースに混ぜるよりも、仄かな香りが活かせる気がしまして」

そんなことを話すうちに、話題は次第に高任由利江のことに移行していった。

再び久喜市のK公園に行ってみたこと。御衣黄の下に設置されたベンチに座ってみてわかったこと。すなわち、由利江は菖蒲池の対岸にいる誰かに、自分の姿を見せよ

うとしていたのではないかと、推測してみたこと。

「でもね」と、神崎は唇を引き締めた。考えを整理し、言葉にするまで数瞬かかった。「わたしはやはり、高任由利江が誰かを待っていたのだと思う」

「と、いいますと」

「彼女が、ある取り込み詐欺を働いた犯人と関係していたことは、話したよね」

「ええ、この間、確かに」

「周辺捜査では、犯人・多嶋との関係は極めて希薄で、というより犯人は彼女が行きつけの書店の店員で、面識があっただけだと判断された。わたしもそう思っていた。だが」

「本当はもっと深い関係にあった？」

「ああ。五年前のあの日、やはり彼女は多嶋を待っていたのではないだろうか。御衣黄の花の下で。だが奴は逮捕されてしまった」

「でも彼女は多嶋を忘れることができずに、毎年同じ場所で」

「ああ、待っていたんだよ。そして懲役一年八ヵ月の刑を終えた多嶋と……」

言葉にしながら、神崎は自説の大きな矛盾に気がついた。

多嶋を愛し、そして再会を果たしたのなら、高任由利江が神崎に抱かれた理由が説明できなくなる。彼女が多嶋と別れたがっていたのだと仮説を立ててみても、それならば特別な花の咲く季節をわざわざ選び、日頃は地味な生活を送っていた一人の女が花に呼応するかのような服を着て、三日間限定で三年も待ち続けた理由にはならない。

「八方塞がりだ。そもそも色恋の機微を語る柄じゃないんだが」

そう呟いて、グラスの中身を口にする以外になかった。

話を変えるつもりで、

「妻はどうして彼女の存在に気がついたのだろうか」

何気なく工藤に振ると、「それは」と、言葉を詰まらせた。ちょうどタイミングを合わせたように数人の客が現れたのを幸いに、接客に専念する工藤が、その話題を避けているかに見えた。

——……!?

日頃から鈍らぬように心がけている直感が、なにかを訴えるのだが、それを言葉にすることはできない。あくまでも瞬間に生じた閃き（ひらめ）でしかないのである。

さらに店が混み始めると、工藤と言葉を交わすことさえできなくなった。カウンターと厨房の間を忙しく飛び回り、客の注文を捌いてゆく姿は、見ていて気持ちが良いほどだ。

「黒豚の良いところが入っています。バラ肉と大根の千六本を薄目の出汁でさっと炊き合わせてみましょうか」

「たっぷりの春キャベツとウインナーを、グラタン風に仕上げてみました」

「鰆の西京漬けをご用意しておりますが、いかがですか」

工藤の動きには一分の無駄もなく、そして客を厭きさせることがない。作る料理もビアバーとは思えないほどバラエティーに富んでいて、その領域は和洋折衷という範疇さえ超えているかのようだ。

神崎への接客も、忘れているわけではない。グラスの中身が少なくなると「なにかお作りしますか、それとも同じもので」と、隙のない心遣いを見せてくれる。決して立地条件が良いわけでもないのに、店がいつも繁盛しているのは、そうしたところに魅力を感じる常連客が多いからなのだろう。いつでも店に通うことのできる客にはそのありがたさを、神崎のように遠方からの客には、こんな店が家の近くにあったならと感じさせる、それが香菜里屋という店なのだろう。

聞くとはなしに、客の話が耳に入ってきた。会話の主は、後ろの小卓に座ったカップルである。

「だって、泣いちゃったわよ。その人の心情が切なくて」

「君の遠い親戚とかいう、その人かい？」

「うん。ご主人が出張先の台湾で急死したんだって。心筋梗塞だったらしいわ」

「そりゃあ、大変だったね」

「そうじゃないのよ。彼女が葬儀を終えて、ぼうっとしているとね。届いたんだって」

「なにが」

「台湾から小包が。ご主人が出張先で買ったアクセサリー、そんなこと一度だってしたことのない人なのに、これが最後のプレゼントになっちゃったって」

女性客の「最後のプレゼント」という言葉が、耳に届いた瞬間、ふと工藤と目が合った。同じ言葉に反応して、工藤もまた神崎に視線を向けたのである。そして、目が合うやすぐに違う方向に目をそらせた、その仕草に、

——工藤はなにかを……知っている。

先ほどの直感と同質の、というよりは確信めいた感覚が点滅を始めた。

4

「とおりゃんせという歌を知っているかな」

神崎は隣りのスツールに座った、世田谷署の木村に問いかけた。工藤に聞こえるように、あえて声のトーンを高くして。

「とおりゃんせって、あの童謡の」

「うん。今はそうでもないけれど、僕らの世代はまだ子供の頃に歌った覚えがあるだろう」

「二人並んで作ったトンネルを次々にくぐってゆく、あれですよね」

「最後に一人の子供を捕まえる、あれだよ」

「それがどうしたんです」

「ちょっとしたことがあって、調べてみたんだ。そしたら面白いことがわかった」

「へえ、意外ですね。神崎さんにそんな趣味があったなんて」

「といっても、な。部下に頼んでインターネットを検索してもらったんだが」

その言葉に反応して、カウンターの向こうの席から「ああそれなら」と、客の一人が声をあげた。顔には見覚えがあるが、名前はわからない。渋谷のセンター街で占いの店を出していると、誰かが話していたのではなかったか。

香菜里屋ではしばしばこうしたことがある。誰かが投げかけた話題について、その場に居合わせた客があれこれと論議を交わすことがあるのだと、教えてくれたのは木村だった。そして工藤の持っている不思議な能力についても。

「埼玉の川越に《わらべ唄発祥の所》の碑があるとか」

声の主がいった。

「そうなんです。川越城址内にある三芳野(みよしの)神社が、唄に歌われる《天神様》らしい。神社が城内にあったために一般の参詣はなかなか難しく、昔は、年に一度しかお参りができなかったようです」

「ははあ、そのお参りの日が《いきはよいよい、かえりはこわい》なのですね。たとえば城内から機密文書なんかを持ち出したりしないかと」

「門番から厳しく取り調べられたのでしょう」

客と神崎の会話を聞いていた木村が「それがどうしたんです」と、割り込んできた。

「面白いのはこれからだ。とおりゃんせの発祥については、別の説もあるんだ」

歌中の天神様は、祇園で有名な京都八坂神社に祀られる《牛頭天王》であるという説。牛頭天王は祟りと疫病をもたらす神で、この唄は年端もいかない子供達が、疫病で死んで行くことを象徴しているのだと、いう。唄が終わると同時に無作為に子供を捕まえるのは、子供が死んでゆく暗示だとも説く。

同じ京都の北野天満宮を発祥とする説では、天神様＝菅原道真＝祟り神と解釈し、やはり幼い子供の死を意味しているという。

「まだある。子供は七歳までは親のものではなく、神のものとする風習が残っているそうですね。だから飢饉の折、子供を間引くのはその子を殺すのではなく、神の元に返すのだと。そんな悲しい言い訳を歌に託したのだという説」

「わっ、それはたまらないなあ」

「親が半狂乱にならないためには、そう思いこむしかなかったのでしょう」

神崎は、高任由利江や妻の芙佐子のことなど、もうすっかり忘れてしまった口調で、話を続けた。もちろん、木村ももう一人の客も、神崎の個人的な事情などつゆ知らぬことである。聞かせたいのはただ一人、工藤哲也だった。

なにもかも吹っ切ることにしたよ。

忘却の海に捨ててしまうことなどできようはずのない思いは、いつでも口から目から噴き出しそうになるというのに、敢えてそれを感じさせない口調に徹して、話し続けた。

再びK公園を訪れたのは、三日前のことだった。公園管理事務所に向かい、なるべく古参の職員を探して、質問するためだった。条件通りの人物はすぐに見つかった。シルバーボランティアで十年以上、管理事務所を手伝っている老人である。

「公園内に薄緑色の桜の木があるでしょう」

「御衣黄のことかね」

「そう。二年ほど前までのことなんだがね、思い出して欲しいんです。毎年のように御衣黄の盛りがいつ頃か、問い合わせる電話はありませんでしたかね。女性の声で」

「ああ、あったよ」

御衣黄といっても花の時期は三週間近くある。花の盛りを問い合わせてから公園を訪れる神崎と、由利江がどうして毎年同じ場所で顔を合わせることができたのか。由利江が御衣黄の花の下に佇(たたず)むのは、花の季節のうちのたった三日間しかない、というのにである。神崎はそのことを疑問に思った。

――もしかしたら、由利江も同じ問い合わせを……。

だとすれば、二人が毎年御衣黄の花の下でさも偶然に顔を合わせた振りをして逢うことは可能である。

問題は、彼女の問い合わせがいつから始まったか、である。

そのことを質問すると、

「そうだなあ。かれこれ七、八年になるか。だが、去年はなかったな。今年もない」

「七、八年、ですか」

「ああ、女の声で問い合わせがあってね。そしたらその二、三日あとに同じ内容の電話があったからよく覚えているんだ。そっちは男の声だったが」

「ちょっと待ってください。男の声で問い合わせがあったのは四年ほど前からではありませんか」

五年前に高任由利江を尾行して初めて御衣黄を知った神崎が、翌年から彼女の姿を追うために、花の盛りを問い合わせたのである。

「いや、違うよ。女の声と同じ年だ。ああ、確かに四年ばかり前から別の男も問い合わせるようになったっけな」

「すると、二年前までは三人の人間が」

「御衣黄が満開になるのはいつ頃かと、電話をかけてきたよ」

老人の回答はあくまでも明快で、疑う余地はない。

――三人目の男、か。

由利江にとっての春の儀式、薄緑色のワンピースを着て、同じ色の花が満開の下にじっと佇む行為は七、八年前から始まり、そして二年前に唐突に終了した。

彼女の身になにがあったのか。

取り込み詐欺犯との関わりが取り沙汰されたときには、由利江に対する身辺調査はごく卑近な範囲で行われた。警察は犯罪捜査が目的であって、個人の素行調査機関ではない。いつの間にかアパートを引き払ってしまった由利江の、移転先を調べなかったのもそのためだ。

だが神崎は、与えられた調査能力を個人のために利用することをこのとき心に決めた。

それが正しいことなのかどうかはわからない。どのような結果がもたらされるかも、不明である。しかし、そうせずにはいられない衝動が、神崎を突き動かした。

ひとしきり童謡の話題で盛り上がり、やがて潮が引くように客が一人、また一人と店を出てゆくと、いつしか店内は神崎と工藤のみとなった。「箸休めにいかがですか」と、工藤が小鉢に盛りつけたのは、蒸し蛤（はまぐり）のむき身にガーリックオイルをかけ回したひと品だった。

「これはいいね、濃厚なのに後味がすっきりしている」

「ありがとうございます。お飲物はいかがしましょう」

「じゃあ、度数の一番高いビールを」

笑顔のまま頷いた工藤が、グラスをロックスタイルに合ったものに換え、濃密な黄金（こがね）色のビールを満たして、カウンターに置いた。

「先ほどは……ずいぶんと面白い話をしておいででしたね」

「とおりゃんせ、についてかい」

「うちの店に、ごくまれにですが民俗学の先生がお見えになります。神崎さんとお話が合うかもしれません」

「よしてくれ。あれはあくまでもインターネットで調べてもらった話の受け売りだ」

「とおりゃんせが、子供の死を暗示しているとは、初めて知りました」

「死、だけではないだろう。様々な形での別れ、と広く解釈すべきかもしれない」

「確かに、そうかもしれません」

グラスを口に運んだ。ロックスタイルで飲むビールは初めてだった。ビール独特の

苦みより先に、アルコールの刺激が舌を刺すようだ。しばしの沈黙の後に、「調べてみたよ、いろいろと」と神崎がいうと、

「高任由利江様について、ですか」

工藤のひどく固い声が返ってきた。

「知らなかったよ。彼女、二十歳そこそこで子供を産んで結婚していたんだ」

だが、その結婚は長続きはしなかった。わずか一年で離婚。土地の名家であった夫の実家に子供は引き取られていった。そうしたことを調べるのに、たいした手間は掛からなかった。

「多分……彼女が毎年、同じ御衣黄の下にいる自分の姿を見せようとしていたのは」

その言葉を、工藤が「神崎さん」と遮（さえぎ）った。

「止めるということは、君はなにもかも知っているんだね。彼女が今どこにいるのか、住所変更の届けを出していないから、わからなかったけれど、わたしにはなんとなく想像がつくんだ。そして、きっとその想像は当たっているに違いない。だが、わたしの能力が及ぶのはそこまででしかない」

なぜ、高任由利江は春の儀式をやめることになったのか。その時に歌っていた童謡、とおりゃんせの意味は。亡くなった妻の芙佐子と香菜里屋、そして高任由利江の

接点をどこに求めればよいのか。

立て続けに質問をしても、答えは返ってこなかった。その代わりに、

「三日後に。店は休みですが」

意外にもきっぱりとした口調で、工藤がいった。

5

工藤が指定した日時に、神崎は東急田園都市線三軒茶屋駅に到着した。非番ではなかったが、無理をいって休みを取らせてもらった。それができたのは、管轄内に大きな事件が発生していなかったせいもあるが、神崎が捜査の一線からはずされた存在であることも大きいといえた。

夕刻近くとはいえ、明るいうちに香菜里屋へと続く路地を歩くのは初めてだった。夜の風景しか見慣れていないだけに、受ける印象がまったく違う。細部が確認できるだけに、かえって間の抜けた感じさえした。

店の目印である提灯も、今日はない。そのままドアを開けて良いのか躊躇(ためら)っていると、「神崎さん、お入りください」と、工藤の声が店の中から聞こえた。

店内に入れば昼も夜も変わりない。だが、カウンターに置かれた青磁の花壺が、真っ先に神崎の目を引いた。

「これは！」

壺もさることながら、そこにさしてあるのは見事な枝振りの桜だった。ソメイヨシノではない。ほんのりと薄緑色の、花と葉とがともに枝に並ぶ桜である。

「……御衣黄」といったまま、神崎は言葉と動作とを同時に失った。

「残念ながら、これは御衣黄ではありません」

工藤がすまなそうにいった。

「違うのかい」

「花びらの付け根のところに、少し濃いめの朱が入っているでしょう」

「そういわれてみれば」

「これは御衣黄とよく似ていますが、違う花種で《鬱金（うこん）》といいます」

スツールに腰を下ろすと、ほぼ同時に小鉢が差しだされた。大根かなにかのようだが、仄かな湯気がたち、香ばしい匂いがする。白い食材を引き立てるようにかけられているのは、薄緑色のソースだ。

「天然物の山独活（やまうど）を届けてくれた方があったものですから。炭火で焼いて皮をむき、抹茶で色を加えたヨーグルトソースをかけてみました」

そういわれても神崎は、料理に手を付ける気にはどうしてもならなかった。

「飲み物をご用意させていただきます」

「いや、待ってくれ、工藤君」

自分には聞くべき話があるはずだといおうとして、工藤の眉間に深い皺が刻まれていることに気がついた。いつもの人懐こい笑顔が消え、言葉にならない苦悩がそこには見て取れた。

「すみません、神崎さん。今日はわたしのわがままを通させてください」

「……わかった。わかったよ、工藤君」

工藤がカウンターの内側で、ドリンクの準備を始めた。取りだしたのは数種類の洋酒とシェイカーだった。

「店ではカクテルも出すのかね」

「ごく稀に、ですが。しかし今からお出しするカクテルは、イメージを伝えて、友人のバーマンに創案してもらいました。わたしは慣れておりませんから」

ホワイトラムが二分の一。

桜リキュールが六分の一。

グリーンミントリキュールとグレープフルーツジュースをそれぞれ六分の一。慣れてはいないとレシピを口にしながら、十分に玄人らしい動きで工藤はシェイカーを振った。カクテルグラスに注がれたのは、やはり薄緑色のカクテルだった。黙って口を付けると、やや甘口の、しかしミントと桜の芳香が柔らかく調和した味わいが口内に、鼻腔に広がった。

「ずいぶんと、凝るじゃないか」

皮肉のつもりはなかった。むしろ、工藤の演出が痛々しく感じられるほどだ。その口から、「いつぞやのお話ですが」と言葉が発せられたのは、神崎がカクテルを飲み終え、グラスをカウンターに置いた瞬間だった。乾いたガラス音と工藤の静かな声がきれいに重なった。

「子供は七歳までは親のものではなく、神様のものであるというお話です」

「ああ、とおりゃんせの解釈」

当然ながら、話の続きは例の解釈に関する内容に発展するものと、信じて疑わなかった。

ところが。

「一人の女性の話をさせていただきます」

ひどく唐突な物言いに神崎は当惑し、すぐに意識を工藤の口元に集中させた。唐突ではあるが、自分は口を挟むべきではない。工藤はひどく重要な話を、誰に語るでもない口調で、店にはたった一人の客しかいないというのに、まるで独り言のように話そうとしている。なるべく感情を差し挟まぬよう、それが悲劇を語るのにもっとも適した方法であると、神崎に告げているようだ。

「彼女は、若いうちに一度、結婚をしました。相手は京都の旧家の一人息子であったそうです。若すぎた結婚、といって良いかもしれません。子供ができたから仕方がないとはいえ、やはり若すぎる婚姻生活には無理があったそうです。やがて夫婦間にいくつもの齟齬(そご)が生じ、二人は婚姻関係を解消することになりました」

それが高任由利江のことであることは、疑いようがなかった。

「彼女は子供を引き取ることを望みましたが、家庭裁判所は訴えを認めませんでした。子供を一人で育てるには彼女は若すぎましたし、経済的にも万全ではあり得なかった。親権は相手方に認められたのでした。夫であった人物が旧家の出であったことも影響したでしょう。子供は女の子でしたが、それは将来養子縁組をすることで、解決できる問題です。とにかく、相手方は旧家の跡取りとなる子供を欲したのです。しかも」

そこで工藤が唇を嚙んで言葉を止めた。感情を抑えきれなくなって、絶句したのかもしれない。「しかも」と、もう一度繰り返し、

「実家のある埼玉県に戻ることになった彼女は、せめて一年に一度、娘と会うことを望みました。それは当然の権利だったはずです。けれど元夫の両親はそれさえも拒みました。離縁した嫁はすでにその家の人間ではない。が、女の子は家の人間。両者を会わせる必要などないと、考えたのでしょうか。あるいは女の子のなかに母親を求める気持ちが芽生えるのを、恐れたのかもしれません」

聞き役に徹するつもりが、つい「酷すぎるな、それは」と、相槌を打ってしまった。

ほんの微かに、ドアの向こう側から嗚咽が聞こえた気がしたが、神崎はそちらを振り返らなかった。

「けれど彼女は諦めなかった。必死になって懇願したのです。そしてようやく、一年に一度だけ娘と会うことを許されました。しかしそこには条件が付帯されていたのです」

「条件？」

「相手方のご両親はこういいました。『子供は七つまでは神様のものだ。お前の娘で

も我が家の子供でもない。だから七歳までは会うことを許してやろう』と。もちろん古い世代の人間ですから数えの年の七歳です」

数えの七歳といえば、満六歳。二十歳で子供を産んだとして、

──そうか二年前の逢瀬の時が、由利江にとっては子供と会うことのできる最後の……。

「会うといっても、遠くから眺めるだけ。そんな条件も課されました」

さらに由利江は、二度と京都の家には連絡を取らないという約束までさせられていた。

『お願い。埼玉県の久喜市にKという公園があります。そこに御衣黄が咲いているから満開の時期に子供を……娘を連れてきてください。わたしは三日だけ花の下で待っています。遠目でも良いから、わたしの姿を子供に見せて。それだけで良いから』

そんな由利江の叫び声を、耳の奥で聞いた気がした。

「でも、どうして彼女は御衣黄の下に」

「嫁ぎ先のすぐ近くに仁和寺(にんなじ)というお寺がありました。そこにも御衣黄があるので

す。彼女がたった一枚持っている娘さんの写真は、その下で撮ったものだそうですよ」

「じゃあ、薄緑色のワンピースも」

「写真を撮ったときに着ていた衣装です。幼い時分に別れてしまった娘さんの記憶に残る、思い出らしい思い出といったらそれくらいしかないだろうと、彼女は考えたのです」

「同時に、六歳までにその映像を繰り返し見せ、しっかりと記憶に焼き付けようとしたのだろうね」

菖蒲池を挟んだところにいる娘に、由利江は話しかけることさえ許されなかった。けれど、それでも我が子の成長の様子だけは確認できる。

御衣黄の下で写真を撮ったこと、その時に感じた肌のぬくもりをどうか忘れないで欲しい。それこそが二人を結ぶたった一つの絆(きずな)なのだからと、言葉にできない思いを叫び続けたに違いない。儚い願いであったかもしれない。けれど御衣黄の下に佇む自らの姿を、娘に見せることで幼い日の記憶を喚起(かんき)させ、あるいはその姿を改めて記憶に焼き付けてほしいと願う以外、彼女になにができただろうか。

「御衣黄の下で、という約束は相手方にとっても都合の良いものでした」

「どうして」

「御衣黄の開花時期はソメイヨシノよりも遅く、例年四月の半ば過ぎにピークを迎えるのです。そして、日本の児童は満六歳で就学の権利を、親権者はその義務を負います」

工藤の言葉が、よく理解できなかった。

「子供と会えるのは六歳までという約束を延長して欲しい。七歳になっても、八歳になってても年に一度でよいから娘の姿を見せてほしいと、高任由利江さんが望んだとしたら」

「なるほど。ソメイヨシノの季節なら、春休みに間に合う。けれどそれでは意味がないし、彼女はどうしても御衣黄の下にいるところを、娘に見せたかったのだから」

すでに新学期が始まっているから、わざわざ埼玉に連れて行くことはできないと、由利江の申し入れを突っぱねることができる。あくまでも親子の再会を阻むことに、相手方の両親は執着したのである。

「妄執(もうしゅう)……だな、まさに」

厨房奥の窓から見える外の景色が、ずいぶんと暗くなった。

——残る謎は、一つだけ。

工藤が、ここまで高任由利江について詳しく知っているということは、彼女の口から直接話を聞いたに違いない。つまり高任由利江はこの店の客で、だからこそ、妻の芙佐子はこの店にすべてを託したのである。無論、専門の調査機関を使えば、彼女の移転先も、そしてどこの店に通っているかも調査は可能だろう。

だが、すべては高任由利江という存在と、そして神崎が彼女との逢瀬を重ねていた事実を知り得なければ調べようがない。

「ねえ、工藤君。高任由利江の身に起きた出来事はすべて理解した。でも」

「神崎さんの奥様が、どうして彼女のことを知り得たのか、ですね」

「そこなんだよ」

「あくまでも想像に過ぎませんが。たぶん花びらだと思います」

「花びら？」

「初めて神崎さんがお見えになったとき、肩に桜の花びらをつけておいででした」

「ああ、そんなこともあったね」

「意外に桜の花びらは身体につきやすいものです」

「そりゃあ、御衣黄の花びらがついていたら珍しいかもしれないが」

だからといって、亭主の浮気に気がつくということが、あり得るだろうか。

そうは思えなかった。

「インターネットで、童謡のとおりゃんせを調べたと仰有いましたね。その時に御衣黄については？」

「いや、部下にやってもらったからね」

「ぜひとも調べるべきでした」

話の矛先が、違った方向に向かっているようで、神崎は戸惑った。

「奥様は、花がお好きなかたではありませんでしたか」

「そうだったかもしれない」

「では、ご亭主の服についた、薄緑の桜の花びらについて調べた可能性は大いにありますね」

「まあ、ね」

「それによって、御衣黄のことを知ったかもしれない」

その可能性がないとは言い切れない。いや、なにかと調べものの好きな性格であったから、大いにあり得る。それでも神崎は納得できなかった。たかが桜の花びらではないかとの思いが、顔に出たのかもしれない。だが、工藤が、

「もしも、です。翌年K公園に出かけた折にも、花びらが服に付着したとしたら」

「そんなに珍しいことかな」

「御衣黄はとても珍しい花種です。だからこそ、わたしは御衣黄とは似て非なる鬱金を用意せざるを得なかったのです」

「だからといって、町を歩いていれば」

「いいえ。そんなことはあり得ないのです。なぜなら、全国で御衣黄が見られるのはわずかに百一ヵ所。埼玉県に至ってはたった二ヵ所にしかない樹木なのですよ。一ヵ所はK公園。そしてもう一ヵ所は皆野町です」

そういわれても、神崎は理解できなかった。

「…………」

「およそ花に縁のない人物が、二年続けて同じ桜の花びらをつけて帰れば、誰だって怪しいと思うじゃありませんか。ましてや、その人の職業は刑事です。公園などとは縁の薄い」

「そういうことか」

埼玉県にたった二ヵ所しかない桜の花びらを、二年も続けて服に付着させて帰ったことに、当然ながら妻の芙佐子は疑念を抱いた。それは、花に興味のない神崎が二年続けて、同じ時期に同じ花の下を歩いたというなによりの証拠だ。

「そうした情報をインターネットで得ることができるのですよ」

「それで、御衣黄のことを調べるべきだったと、さっき」

「別にインターネットでなくても、県の農業試験場にでも問い合わせれば、すぐに詳しいことがわかるはずです」

その後のことは、神崎にも手に取るように理解できた。

次の年、御衣黄の開花を待って芙佐子は、専門の調査機関に夫の身辺調査を依頼したのだろう。日頃は調査する側にいる神崎には、自らが調査される立場になるという意識が極めて薄い。しかも最後の逢瀬で神崎は、高任由利江と関係を持ってしまうという、致命的な失態を犯している。

「調査員もさぞや楽な尾行だっただろう」

「こうして奥様は高任由利江さんの存在を知りました。さらに調査を進めれば、彼女の過去も容易に知れたことでしょう」

「君はいつからそのことに気がついていた」

「神崎さんの口から、御衣黄という桜の話を聞き、その花について調べたときから。わたしの中にもずっと、一つの疑問がありました。埼玉県の新座市に住む奥様が、どうしてわたしの店を選択したのか。なぜ、この香菜里屋でなければならなかったのか。もしかしたら神崎さんの話に登場する高任由利江さんは、この店の客ではないのか。こうした店では、名前を敢えて名乗る必要もありません」

木村や神崎のように、身分を隠して通う客もいるだろう。事実、工藤は客の誰が高任由利江なのか、知らなかったという。

「ではどうして奥様は彼女の存在に気がついたのか」

「いつだったか、そのことを話そうとしたら、君はわたしを避けたっけ」

「確信が持てなかったのですよ」

「そして君は御衣黄のことをさらに詳しく調べ、先ほどの推論に辿り着いた」

工藤は、ゆっくりと首を縦に振った。

一昨年の秋に、芙佐子は香菜里屋に突然やってきたという。誰かを捜す様子であったかどうか、その時は工藤にもわからなかったらしい。二度目に訪れたのはそれから一月後で、「いずれ神崎守衛という人がここに来ます。彼にこの料理を食べさせてください」といって、緑色の桜飯のレシピをおいていったのである。

「間もなくだよ、妻が入院したのは」

「そうでしたか。奥様は高任由利江さんが新座市から世田谷に居を移し、さらにこの店の客であることを突き止め、わたしに緑色の桜飯を託したのです」

「残酷な復讐だ。わたしにとっては」

生前はなにも知らないふりをしていながら、実は「なにもかも知っていたのよ」というメッセージを工藤に託したのである。そのことを告げると、意外にも工藤は「そうではなかったと思いますよ」といった。

「どういうこと？」

「あの夜、一組のカップルが神崎さんの後ろにいたのを覚えていますか」

「そういえば」

女性客の「最後のプレゼント」という言葉と、それを聞いた工藤の反応が同時に甦った。

芙佐子の手紙にも同じ言葉があった。それを神崎は憎悪の裏返しと解釈したが、文字通りの意味であったとしたら。

「まさか、工藤君」

「高任由利江さんについて調査を依頼した当初、奥様を突き動かしていたのはたぶん嫉妬であったと思います。これは動かしようのない事実です。けれど考えてみてください。神崎さんに緑色の桜飯を食べていただくだけなら、うちの店である必要性はどこにもないのです。『薄緑色の桜の下で、あなたはいったいなにをしていたの』というあなたへのメッセージならば、新座市のどこかの料理屋にでも頼めば済むことじゃありませんか」

あるいは、死が訪れる前に「茶飯といったけれど、あれは本当は桜飯というのよ」と告げることだってできただろう。いつもなにかに怯えるところのある女性ではあったが、死を前にしてそれ以上に怖いものなどなかったはずだ。

「では、妻は……」

「二つのことを報せたかったのではありませんか。一つは高任由利江さんが、この店にいることを。御自身が生きている間は、御二人が再会することを決して望んではいなくとも、死後、であれば」

「そして、もしもわたしたちが再会し、特別な関係になったとしても、それを後ろめたく思う必要はない。なぜなら自分はずっと以前から二人の関係を知っていたから、と」

「わたしは、そう思いました。だからこそ、神崎さんが桜飯を食べるのはこの店でなければならなかった」

なんともやり切れない沈黙が居座って、かわりにカウンターには注いだばかりのビールのグラスがおかれた。

妻が残した「最後のプレゼント」といえば、聞こえはいいかもしれない。けれど贈られた当人にとっては、あまりに重すぎて、その箱を開ける気にもなれそうになかった。そのことを読みとってか、

「死者の身勝手、ともいえるでしょう。あるいは死に臨んだ者のみが持ちうるわがままかもしれません」

「だから君は、この事実を容易には明かそうとしなかったのだね」

「高任由利江さんの思いや神崎さんの思い、そうしたものをすべて無視したところにおかれたプレゼントです。それを考えると、軽々しく口にすることはできませんでした」

「だが、結局、君は決断した」

再びドアの向こう側に感じる人の気配に、神崎は意識を注いだ。

息をひそめ、二人の会話に聞き入っている様子まで、手に取るようにわかった。

「奥様が必死になって考え抜き、そしてわたしに託したメッセージです。たとえどのような結末が待っているにせよ、メッセンジャーとしての職責だけは果たそうと思ったのです。贈られたプレゼントに歓喜の声をあげるか、あるいは迷惑に思うか。大切に保管しておくか、それともゴミとして捨ててしまうか。それは贈られた当人が考え

ればよいことなのです。わたしが介入すべきことではない」

「そういうことか」

「済みません、こんなつまらない決断しかできなくて」

「ありがとう、工藤君。だったら、ドアの向こうに招いた人を、中に入れてあげてはどうだい。春の宵はまだ十分に肌寒い」

その言葉を待っていたかのように、焼き杉造りのドアが、ゆっくりと開いた。

犬のお告げ

1

「たまには香菜里屋にでも行こうよ」

美野里の誘いに、修の反応はあくまでも鈍かった。手にした新聞紙面に視線を落としたまま、「ううん」と口の中で声をくぐもらせるだけで、そこからはいいよとも厭だとも判断することができない。このひと月あまり、同居人の様子がおかしいことには気がついていたが、数日前からはますますその傾向が強くなったようだ。そんな時にはおいしいものでお腹を満たし、ついでに幸福物質で脳内をいっぱいにするのが一番。際波美野里はそう思うのだが、肝心の石坂修が煮え切らないのでは話にならない。

「ねえ、最近の修、なんだか変だよ」

「……そんなことはないさ」

「会社で厭なことでもあったのかな。偏屈者の野中課長に皮肉をいわれたとか」

「別になにもないよ。野中課長は決して皮肉なんていわない。金輪際」

「そうかなあ。わたしは散々だったけれど」

同居を機に会社を退職する前は、美野里もまた修と同じ部署で働くＯＬだったから、職場の状況は十分に把握しているつもりだ。商品開発部二課の野中といえば、頭の切れ味も鋭いが皮肉も十分に鋭い。「寸鉄人を刺す」の喩えを日夜実行してやまない人物である。剃刀の如く鋭利でしかも鉈の重さを持つ一言に耐えきれず、胃潰瘍で入院した同僚を三人、そのまま復帰することなく病室から辞表を送りつけた同僚を一人、美野里は知っている。思い切って話題を変える目的で、というよりは本来の目的はそのことにあるのだが、「あのさあ、そろそろ一年だよね」と切り出してみた。

「ん!?」

「来月の十五日で、一年でしょう。二人が暮らしはじめてから」

「そうだっけ」

「失礼な奴だな、忘れていたの」

「そういう訳じゃないんだが……ちょっと忙しくてね」

忙しい、忙しくないの問題ではないだろうといいかけ、美野里はやめた。人の目を見て話をしようとしない修の態度が腹立たしくもあったし、そのことが全く別の不安を駆り立てるのに十分だったからだ。

「そろそろ正式に入籍をしてはどうかって、両親がいっているのよ」

「うん、まあそれもいいけれど。別に急ぐ必要はないと思うよ」

同居はしても、しばらくの間は籍を入れないでおこうと提案したのは、美野里だった。十分な交際期間を経て同居を決めたものの、「まだ独身でいたい」という狡さがあったかもしれない。退職金はわずかであったけれど、それまでの蓄えと失業保険の収入を考えるとしばらくの間は余裕を持って暮らすことができる。

――もっとも。

家賃と光熱費を含めた諸々の雑費を修が負担するという、これまた狡い前提と計算があったればのことではあるが。当初、美野里の提案に修は不満げであったし、双方の両親も「なにを馬鹿なことを」と異議を唱えたが、結局は自分の意志を押し通した。独身を気取ったところで、家事全般は美野里の分担であったから、それほど自由の身を謳歌したわけではない。ただ運転免許取得の際に「仮免期間」があるように、結婚にも試運転の期間があった方がよいと、漠然と考えただけのことだ。

そのことが重要かつ最悪の結果をもたらした可能性について、思い当たった。正式な妻ではなく妻もどきのまま日々を過ごす美野里のことを、修が疎ましく思いはじめたとしたら。

「……修、あの、もしかしたらあなた」

「どうしたの、暗い顔をして」

永すぎた春を無為に過ごした愚かさに、痛烈な報いが訪れたのかと思うと、言葉を続けることができなかった。すると負の思いはますます増殖し、美野里の心の風景を暗い色に染めようとする。

「なにを、馬鹿なことを考えているの、美野里さん」と、修が声の調子を軽くしていった。

「だって」

「らしくないことを考えちゃ、だめだよ」

「それは、修の様子が変だから」

「そうか、僕のせいか。だったらごめん。考え事をしていたんだ」

「会社のこと？」

「ああ。業務内容がかなり悪化している。実はこの一年で五十人近くがリストラの憂き目に遭っているんだ」

　初めて耳にする話だった。修が勤めるM商事は、社員数五百人を超える中堅どころの優良企業である。バブル後の経済状況の悪化についても、小回りの利く商社であるからこそできる商品開発と流通機構の改善によって、比較的柔軟に対応していたはずだ。少なくとも、美野里が在籍していた当時、社内にさほどの危機感はなかった。

　元々、仕事の話をほとんど自宅に持ち帰ることのない修だった。退職後は、美野里もかつての同僚と連絡を取っていない。その間、わずか一年で社内の空気は一変し、自分の見知らぬ場所になってしまったことになる。先ほど修が口にした言葉が、思い出された。

「さっきいったよね。野中課長は金輪際、皮肉をいうことはないって。それってもしかしたら……」

「ああ、そうだよ。野中さんは先月、自主的に退職された」

　自主的という言葉をあえて強調することによって、そこに全く別の意志が働いたことを修は雄弁に語っていた。

「今度、借入先の銀行から役員を受け入れるらしい」

「じゃあ、ますますリストラが加速するってこと？」

「かなり過激な経営改善策が、可及的速やかに実行に移されるだろうね」

要するに派手な人員削減策が、現実のものとなるということだ。このひと月あまりの同居人の異変が、どこに根差しているかを美野里ははっきりと悟った。

入籍を躊躇(ためら)った理由も、である。

——……！

意を決して立ち上がり、修が手にした新聞——どうせ記事の内容など頭に入ってないに違いないのだから——を取り上げて、彼の唇に自らの同じ器官を押しつけた。突然の行為に目を見開く修の首に両の腕を巻き付け、「大丈夫」と美野里は囁(ささや)いた。耳にではなく、相手の唇に触れたまま、

「大丈夫だよ……修。二人なら必ずなんとかなるって、たとえ修がリストラの憂き目に遭ったって」

「そうかな」と、修もまた囁く声でいった。

「だから入籍しよう。二人でやってゆくために」

「本当にそれでいいのかい」

「もちろん。でもって、その前に」

もう一度、修の唇をぺろりとなめて、

「その前に、とりあえず香菜里屋で今日は贅沢をしよう」

東急田園都市線の三軒茶屋駅を出て、商店街のアーケードを環状七号線方面に向かって歩く。途中でいくつかの路地を曲がり、そこここに澱む暗闇を踏みしめると、やがて白くぽってりと光を湛えた等身大の提灯の前に立つことができる。光によって浮かび上がった焼き杉造りのドアを開けると、「いらっしゃい」と、柔らかな声が迎えてくれる。香菜里屋での限りなくゆったりとした時間が始まる瞬間だ。

スツールに腰をおろし、店内を見回すと、六人ほどの客の姿が各々ビールグラスを前に会話を交わしている。ヨークシャーテリアの精緻な刺繡が施されたエプロンを身につけた店主の工藤が、

「お久しぶりです。最近お見えにならないので、気にはしていたのですが」

というのへ、

「貧乏なんとかって奴でね」

応えた修の声に、幾分かの張りを感じて、美野里は安心した。

香菜里屋には度数の違うビールが四種類、用意されている。それぞれ好みのビールを注文し、「それから」と二人は声を重ねた。

この店にフードメニューは存在するが、誰もそれを必要としない。工藤が「今日のお奨めは」といって供する料理に、ただ舌鼓を打てばよい。果たして、

「ちょうどよい岩牡蠣（いわがき）が入っていますが」

「夏牡蠣か……いいねえ」

「生でも十分においしい食材ですが、今日は少し変わった食べ方をしてみませんか」

工藤がこのような話し方をするときは、素直にそれに従うのがこの店ではもっとも正しい選択とされる。あらかじめ苦手な食材と調理法について、彼に正確な情報を提供していれば、の話ではあるが。

この日の小鉢はザワークラウトに、千切りの鶏皮をかりかりに揚げたものを添えた一品。ビールとの幸福な調和を楽しんでいると、やがて大きな皿を抱えて厨房から工藤が現れた。岩牡蠣の名にふさわしい岩石を思わせる牡蠣の殻に、むっちりとした肥えた身肉が横たわっている。

「このまま戴いて良いのかい。それともなにかソースでも」

修の問いには応えず、いったんは厨房に姿を消した工藤だが、すぐにホーロー製の小さなソースパンを手にして戻ってきた。パンを傾けると黄金色の液体が牡蠣の身肉へと注がれる。とたんに、あたりにバターとガーリックの芳醇な香気が充満した。

「これは！」

「ごく軽く熱を入れた牡蠣に、ガーリックバターを熱したものをかけてみました」

熱いうちにどうぞと、いわれるまでもなかった。牡蠣にはあらかじめ塩分が含まれているし、そこへバターの塩分がプラスされるから云々という工藤の解説めいた言葉も、美野里はほとんど耳の後ろに聞き流していた。たぶん修も同様であるはずだ。食欲とそれを満たす快楽からようやく解放された頃、修の口から「これはもしかしたら」という言葉が漏れだした。同じことを美野里も考えていた。二人の思いを見抜いたように、

「はい。初めてお二人揃ってうちにお見えになったときに、よく似た料理を」

「あのときは、確か姫さざえだったね」

懐かしさを滲ませた修の言葉に、

「そうだ。さざえをエスカルゴ風にして食べさせてくれたんだ」

美野里は続けながら、その日のことを思い出していた。

やはり夏だった。

定時に仕事場を出て、三軒茶屋駅に帰ってきたのは、たぶん夕方六時過ぎだったろう。高架下の駐輪場に、駅までの通勤用自転車を取りにいった美野里は、そこで奇妙

な、というよりは不審な人物を見かけた。十分にスペースのある駐輪場内を、自転車に乗ったまま男がいったり来たりしているのである。しかも、並んだ自転車を値踏みするかのように視線を上下左右に動かしながら。瞬間的に、

——自転車泥棒が獲物を物色している！

そう思ったところへ「際波さん、際波美野里さんじゃないか」と、声を掛けてきたのが修だった。

「あっ、ええっと、あなたは石坂さん」

「驚いたな、際波さんも三軒茶屋だったんだ」

「じゃあ、石坂さんも」

同じ商品開発部に勤務しているとはいっても、所属チームが違えばほとんど会話を交わすことはない。まして、アフターファイブのつき合いとやらいう代物がまったく苦手な美野里は、石坂修と挨拶以上の話をしたことがなかった。

「ねえ石坂さん、あの人」と、不審人物を指さすと、

「ああ、僕も気にはなっていたんだ。あれは相当に怪しい」

「でしょう」

その時だった。「たぶん、違うと思いますよ」と穏やかな男の声が背後でした。振

り返った石坂修の顔見知りらしい。「やあ、マスター」という言葉と男が身につけたワインレッドのエプロンとで、石坂が通うどこかの店の経営者であることが判った。手にしたショッピングバッグに、数種類の調味料が入っている。

「違うって……ああそうだ。際波さん、もしよかったら彼の店に行ってみませんか。とびっきりの一皿にありつけますよ」

その後の二、三のやりとりで男の名前が工藤ということ、香菜里屋というビアバーの店主で、店は歩いて数分の場所にあることを知った。日頃は苦手な酒席のつき合いに応じる気になったのは、石坂という人間に仄(ほの)かな好意を抱いたこともあるが、先ほどの工藤の台詞が妙に気になったからだ。

店に入るなり、そのことを問い質すと、「自転車に乗ったまま、自転車泥棒にやってくる人はいないでしょう」と、何気ない口調の言葉が返ってきた。

「下見ということも考えられます」といったのは石坂だ。思いは美野里も同じだった。

「彼の自転車、ひどく新しかったことに気がつかれましたか。おまけに前輪に鍵があるというのにサドルにはもう一つ、チェーン錠まで巻き付けてありました」

「それがなにか。自分の自転車だけは盗まれたくないからでしょう」

「たぶん……彼はつい最近自転車を盗まれたのですよ。それで自転車置き場にやってくると、つい失われた愛車を探してしまうんです」

「すると、二つ目の鍵は」

「目指す自転車が見つかったら、施錠してしまうためです。二度と再び盗まれてしまわないように」

新たに施錠された自転車を、犯人は別の場所に移動させることができない。そうしておいて、あとは警察官立ち会いの下、自分が正当な所有者であることを防犯登録で調べ、引き取ればよい。そうしたことをなんでもない口調で話しながら、ビアサーバーを器用に操る工藤の手つきに、美野里は見入った。

こうして美野里は香菜里屋を知り、何度かここで待ち合わせて食事を楽しむうちに石坂修とうち解け、互いの知らない一面を手札でも切り合うように明かして、やがて愛情にまで育てあげた。

そうして一緒に暮らし始めたのが一年前のことだ。

姫さざえと牡蠣の違いはあるが、貝という素材に同じ工夫を凝らして、工藤は見事な一皿を供してくれた。出逢いの瞬間から、二人が辿った年月を思い出すには、これほど相応しい料理はないだろう。偶然には違いないが、香菜里屋ではこうした幸福なアクシデントがしばしば起こりうる。

ふと。

「湯浅部長を覚えているかい」

美野里同様、思い出に浸っているかに見えた修が、一人の男の名を口にした。

「もちろん。人事部の鬼、必殺首切り人、んでもってついた二つ名が《首切り湯浅》でしょう」

もっとひどい仇名を耳にしたことも、二度や三度ではきかない。美野里が在職当時でさえその苛烈な人事権の行使ぶりには定評があった人物だから、リストラが本格化しつつある現在、彼がどのような立場に置かれ、どのような評価を囁かれているかは火を見るよりも明らかである。

「湯浅部長がどうしたの」

「彼が最近、ホームパーティをしばしば開くようになった」

「似合わないなあ。絶対に似合わない」

「ところが、ね」と、いったん言葉を切って、修が腕を組み直した。唇がぽきりと折れそうなへの字に引き締められ、やがて、

「そのホームパーティ。別名《悪夢のリストランテ》と呼ばれているんだ」

「なによ、それ」

「つまりはリストラ候補者をパーティに招き、その中から正式決定者を選ぶための、悪夢の選考会というわけさ」

「ひどいじゃない！　なによ、それ。人を馬鹿にしてる」

「そう、確かにひどい。しかもほとんど毎週のようにパーティは開かれている」

「まさか、修」

「そのまさか、だよ。僕も来週のパーティに招待されているんだ」

2

修が《悪夢のリストランテ》の名を耳にしたのはひと月ほど前のことだった。

商事会社の商品開発部といっても、チームによって仕事内容はまったく異なる。修が所属しているチームはその時、大手菓子メーカーと提携してまったく新しい食感のガムの商品化を推し進めていた。メーカーから届くいくつかの試作品を抱えて膨大な数のモニターをまわり、彼らから寄せられたアンケートを数値化するのが、修の仕事だった。

開発に成功すれば、食材の仕入れ経路はすべてM商事が取り仕切ることになる。修にとっても自らをアピールする絶好の機会であったし、そこには同居を始めてもうすぐ一年になる、際波美野里との結婚という問題も深く関わっている。入籍した途端にリストラで職を失ったのでは、

——洒落にもならない。

からだ。それほど会社全体の業務内容は、日々悪化の一途を辿っていた。

一方で、新商品の開発が遅々として進まないという現実にも直面していた。

焦る気持ちは着実に増殖し、胸の裡に募ってゆく。

そんなある日、夕暮れ時の渋谷を歩いていた修は、背後から肩をぽんと叩かれた。

「どうした、しょぼくれて」と懐かしい声がして、振り返った修の目に金村昭彦の笑顔が映った。

「金村部長！」

「部長はよしてくれ。今じゃ、職探しにかけずり回る、哀れな中年男なんだ。今日も面接に出かけて、その場で体よく追い返されたところだ」

「そうはいっても」と、改めて金村の身なりに目を遣ると、確かにかつての伊達男ぶりがすっかり影を潜めていることは明らかだった。スーツは明らかに吊しの量販品だ

し、スラックスの折り目はほとんど体を成していない。

営業部の部長であった当時、開発部にも気さくに顔を見せ、「おいしい商品の開発を頼むよ」と声を掛けて、差し入れを置いてゆく金村の気っぷのよさは、修らにとって憧れの的であった。他部署の部下ばかりでなく、取引先からの信望も厚く、社の業務を牽引する立場にあったことは間違いない。それが経緯こそ不明だが、おきまりの「一身上の都合による自主退社」で会社を去ったのが、今から半年前のことだ。

「どうですか、久しぶりに一杯」

二本の指で作った盃の形を口元で傾けると、意外にも「よしておこう」という言葉が返ってきた。

「酒断ちですか?」

「それほど立派なものじゃないさ。かつて勤めていた会社の現役社員に奢ってもらうのは気が引けるし、逆に奢るほどの経済的ゆとりもない」

リストラによって職を離れた中高年サラリーマンの再就職がいかに難しいか、修とて知らないわけではなかった。だが、早期退職にあたる金村には相当額割り増しされた退職金が支払われたはずだし、彼ほどの実力があれば、いずれ現役復帰は間違いないのではないか。

「冗談でしょう」

「本当だよ。それほど日本経済は疲弊している。コストばかりかかるロートルは疎んじられるのみだ。まして、うちは下の坊主がまだ中学生だからナ」

先の見通しが立たない。だから無駄に使う金はないのだと、金村の言葉には、想像以上に厳しい状況を否応なしに抱えた苦悩が、滲んでいる。

「実は、ですね……その」

懐かしさもあるが、修は金村に話を聞いてもらいたいと思った。自らが抱えた膠着した現況を打破するための、ヒントが欲しかったのである。

「とはいっても、久しぶりだ。俺の知っている店で割り勘なら、軽く付き合うとするか」

そういって歩き出す金村のあとを、修は慌てて追いかけた。

道玄坂の中程から右に折れ、さらにいくつかの路地を進むと、そこはちょうど円山町ラブホテル街の裏手にあたる、雑然とした飲食街である。その中の一軒、染みだらけの暖簾に「もつ焼き・煮込み」と書かれている以外に屋号さえも記されてはいない、小さな店に二人は入った。よほど長きにわたって油煙に燻蒸されたのか、店内は見事な飴色に染め上げられ、どこを触っても完璧な指紋を残すことができそうだ。

「どうだ、おつな店だろう」と笑う金村に、どう応えて良いのか判らないまま、丸椅子の油汚れを気にしながら修は腰をおろした。

生を中ジョッキで二つ。適当に五本ばかり見繕ってくれ。それに煮込みを二人前。

金村の言葉に間髪を入れぬタイミングで、盛大に湯気を立てる小鉢が二つ差しだされた。目にも鮮やかな青い葱が、山のように盛られている。それは確かにもつの煮込みに違いはないけれど、学生時代、あるいは今に至ってもどこかの居酒屋で口にする代物とは明確に一線を画していた。縁の欠けた小鉢からも、煮汁の表面に広がる油膜からも、雑駁でそして凶暴なエネルギーが溢れている。

「どうした、食えよ。うまいぞ」といわれて臓物の一つをつまみ上げ、口に入れるとたちまち未知の味覚が広がった。うま味と雑味とが強烈無比の個性を主張している。

「サラリーマン時代は……渋谷にこんな店があることさえ知らなかったなあ」

金村の言葉には、どこか諦観の響きがあった。「こんな店で悪ござんしたね」と、店の親父の合いの手さえも、微かに自嘲の匂いがする。いつの間にか、修の中から、金村に持ちかけようとしていた相談事が、霧散してしまった。

「会社の方は、どうだ。変わりないか」

「ええ、相変わらず。といいたいところですが、悪化の一途を辿っています」

「銀行から役員が派遣されると、小耳に挟んだが」

「間違いないようですね」

続いて、得体の知れない部位としかいいようのない串焼きが、大量のキャベツのざく切りとともに平皿に盛られて供された。添えられた味噌をつけて食ってみろといわれ、それに従うと、今度は肉汁と味噌と辛みとニンニクの、複数の味覚が口内で方程式の解を求めて渾然化する。

解＝美味。

「こいつがビールにはよく合う」

目を細める金村は、すでに修の見知らぬ中年男といってよかった。苛烈な経済社会で生き残ること、それが勝者の条件のすべてであるとは思わない。けれど人は、上昇志向を武器に戦わなければならぬ時が、必ずある。金村は前者の条件において落伍し、自分は後者の立場に、現在いる。金村の置かれた今を軽蔑してはいけない。これもまた幸福な人生なのだと、思いこもうとしてどうしてもそれができない自分を、修は嫌悪した。酒の席に金村を誘ったことを後悔し始めたとき、

「あのな、湯浅のことなんだが」

ビールの泡を唇から拭いながら、金村が呟いた。ふっと顔から表情が消え、それま

で身にまとっていた落魄の空気の隙間に、強かなビジネスマンの顔を垣間見た気がした。

「湯浅部長がどうかしたのですか」

「大したことじゃない。だが奴のことだ、人事の大鉈を振るっているのだろうな」

「ええ、そりゃあ凄まじいものです。湯浅部長夫人は専務の一人娘ですからね。権威の後ろ盾がありますから、もう遠慮無しです」

「だろうな」

「確か金村さんは」といいかけて、修は言葉に窮した。特に大きな派閥争いがある会社ではないが、やはりそこには微妙な力のバランスが働いている。村社会と村社会が時に対立し、時に協調しながら組織を形成する。それが会社というものだ。

――専務を中心とする村社会と、金村部長が所属した村社会とは、確か対立関係にあったはずだ。

そのことに思い当たると、金村が退社を余儀なくされた背景がおぼろげながら見えてきた。同時に、この一年で会社を去った人々の顔と名前のいくつかを記憶から掘り起こしてみる。さほど熟考するまでもなく、ふと浮かび上がった疑惑は否定された。

我知らずのうちに「まさかね」と呟いていた。

「なにが、まさかなんだ」

「いや、人事の湯浅部長が恣意的に敵対する派閥の人間をリストラしたのかなあ、なんて思いついてしまって」

退社した人間の中には、無派閥のものもいる。中には専務派の人間も混じっている。

「そりゃあ、考えが奇抜すぎる。確かに俺は派閥人事で放り出された口だが、他の人間にまでそれをやったら、いくらなんでも労働組合が黙っちゃいないさ」

「そうですよね。まさか、ね」

照れ笑いを浮かべようとして、金村の表情が少しも弛んでいないことに気がつき、修は言葉を詰まらせた。

「サラリーマンにとって失敗と成功はつきものだ。要するに最終的にプラスに比重を傾け、会社に利益を与えさえすれば、誰にも後ろ指を指されることはない。これがどういうことか、判るかな」

「……」

「捉えようによっては……ということはマイナス面だけ見ればということになるが、誰もがリストラ要員になりうるということだ」

「会社は社員を削らなければならない。問題はどうやって候補者を選ぶのか、どうやって最終決定を下すか、ですね」

「有り体にいえば」と、金村がジョッキの中身を飲み干していった。唇の泡を乱暴な手つきでぬぐい去り、おかわりを注文するその目に、怒りの色を見た気がした。

「会社組織の中で、本当にリストラすべき人間は半年前に皆、退職してもらったのだよ」

「じゃあ」

「そうだ。俺の退職がその締めくくりだった。俺は、所詮は人脈と交渉術でビジネスを進めるしかない、古いタイプのサラリーマンだ。いわば旧体質の象徴だったからな。だが、会社はそれで終いにするわけにはいかない」

「まして銀行が役員を送り込んでくるとなると」

すでに削るべき贅肉はすべて削り取った。あとは血肉と骨格の部分にどれほどメスを入れるかの問題である。組織の生命線に損害を与えることなく、人員を削減しなければならない。

「人事部の湯浅も辛いところだろう」

「ごく一部の優秀な社員をのぞけば、あとは実績も将来性も似たり寄ったり、というわけですか」

「辛いのは切られるものばかりじゃない。切る方だって辛いのだよ」

「そうでしょうか」といいかけて、修はやめた。過酷なリストラへの不安は、湯浅への怨嗟と形を変えて、社内に充満しつつある。「彼もまた苦悩している」などという声は、ついぞ聞いたことがなかった。

――……!?

湯浅への同情の声が一つとしてないことに、修は逆に疑問を覚えた。

「さぞや、湯浅は嫌われていることだろう」

「まさに、蛇蝎の如く。でもちょっとおかしくはありませんか。湯浅部長だって会社のために首切り包丁を振るっているわけで」

「そうか、石坂はまだ知らないのか」

「なんですか」

「社内に奇妙な噂が流れているそうだ」

その言葉を聞いて、修は全く別のことを考えていた。現役社員の自分が知らない裏の情報を、金村は把握している。銀行から役員が派遣される件にしても、社外に漏れるはずのない情報の一つである。それはつまり、金村が今も社内に有力な足がかりともなる情報網を持っているということであり、彼が現役復帰を決して諦めていない証拠でもある。敗残者の仮面をかぶりつつ、今も虎視眈々と返り咲きの機会を待つ金村の姿に、感動と戦慄の入り交じった震えのようなものを修は感じた。

　金村の独り語りが続く。

「どこの誰を切っても恨まれる。窮地に立たされた湯浅は、とんでもない暴挙に出たらしい。《悪夢のリストランテ》と異名をとる、リストラ要員選びのホームパーティを開いているそうだ」

「ああ、ホームパーティの話は、僕も耳にしています。けれどそれがリストラ目的だなんて……」

「まあ、話を最後まで聞け。そこではな、奇妙な選抜が行われているそうだ。なんでも奴が飼っている室内犬が、リストラ要員を選び出しては、その人物の腕に噛みつくらしい」

「まさか！」

「あくまでも噂話だ」

　さらに金村が話すところによると、パーティには数人が招かれるという。湯浅が自宅で飼っているのはテツマルと名づけられた小型室内犬で、性格は極めて温厚。人にもよく懐いているとか。ところが、招待客にじゃれついていたはずのテツマルが、突然客の腕に嚙みつくことがあるのだそうだ。それだけなら単なる笑い話に過ぎない。けれど、テツマルの一撃は「犬のお告げ」そのものとなって、二週間以内に効力を発揮する。ある者には関連会社に片道限定切符が手渡され、またある者には早期退社の勧告がなされるという。

「そりゃあ犬ですから、時には機嫌を損ねて……そんなことでリストラを決められたのでは、堪りませんよ」

「そうかな」

「どうして犬のお告げなんかで、人生の岐路に立たされなきゃいけないんですか。誰も納得しませんって」

「だからいったただろう。ごく一部の社員をのぞいて、誰もがリストラ要員になる可能性をもっているんだ。もちろん、関連会社に出向を命じられた社員にも、早期退社を勧告された社員にも表向きの理由はある。けれど、それは社員の誰もがひとつやふたつは持っているだろう、瑕瑾をつつかれたに過ぎない」

「で、犬のお告げですか」

それまでとはうって変わった底意地の悪い、凄みの利いた悪党の笑顔で、金村が頷いた。

3

修が「これが《悪夢のリストランテ》だよ」と話を締めくくる前に、美野里は感情を爆発させていた。

「それって人を馬鹿にしすぎてやしない」

「あくまでも噂だって」

「でも、修もそのなんとかリストランテに招待されているのでしょう」

金村と会って間もなく、修のチームは新商品の開発を断念、食品会社との提携を白紙に戻した。ということは業務内容悪化を微力ながら加速させたことになる。一週間前、突然人事部の湯浅から直通の社内電話がかかり、二週間後の休日の予定について問い合わせがあったという。「ついにきたか」という思いは、すぐに「やはり」に変換された。

修からそう聞かされても、とうてい納得がいくはずがなかった。

「なんとかならないかしら」

「犬に噛まれる、噛まれないは運次第だから」

「だからって理不尽をそのまま受け入れる気？」

「ねえ美野里さん。実績も将来性もそこそこの、いわばドングリの背比べを競っている連中のなかから、リストラ要員を選ぶとしたら……美野里さんならどんな基準を設ける」

「といわれてもなあ」

わたしだったらルックスかも、と思いかけたが、それを実際に言葉にする勇気と稚気はなかった。

「僕だったら、運の良し悪しを基準にするだろう」

「運の良し悪しですって？」

「だってそうだろう。ビジネスシーンにおいて、運の良し悪しは事の成否を決定する大きな要素だ」

「だからといって」

「これはオカルティズムでもなんでもない。たまたま出かけたホームパーティで、その飼い犬に手を噛まれるなんて、それだけで運のない奴だと、僕は思う。会社が存亡の危機に立ち、一人でも人員を減らすことによってのみ活路を見いだせるとしたら、僕だったら迷わずに運に見放された奴をリストラのフィルターにかけるだろう」

言い分は十分に理解できた。――が。

「じゃあ、修は自分に運がなければ、リストラされても構わないと」

「まあね」

どこか諦観めいた態度の修に、美野里は次第に苛立ちを募らせていった。どんな不運が待ち受けていようと、二人の気持ちにかわりはない。いざとなったら美野里も勤めに出ればよい。その覚悟が美野里にあっても、肝心の修に覇気が感じられないのでは意味がない。不満を口にしようとしたその時、カウンターの向こうから、「すみません」と、男の声がかけられた。店で幾度か会話を交わしたことのある、常連客の一人である。たしか東山とかいわなかったか。

「別に聞き耳を立てていたわけじゃないんだが」と断って、東山が席を移動した。

「あの、なにか」

「ちょっとね。気になったものだから……なあ、修。話を聞いていると、お前さんはずいぶんと諦めがよいように聞こえるが。本当にそれでいいのかね」

婚約者の名を、無遠慮に呼び捨てにする東山に、どう反応して良いものか迷っているところへ、今度は修の口から驚くべき言葉がもたらされた。

「そんなことないです。叔父さん」

「だろう、だったらきちんと美野里ちゃんに説明しなければ。もしかしたら彼女に話していない、なにかがあるんじゃないのか」

「さすがだなあ。この店の常連は皆、推理に長けているというのは、本当だったのですね」

「大人をからかうものじゃない」

「ちょっと待ってください、お二人さん」と、美野里は無理矢理、話に割ってはいることに成功した。

「どうしたんだい、美野里ちゃん」「どうしたんだい、美野里さん」と、二人の男の声が完全に重なった。

「修……いえ、修さん。あなた今、東山さんのことをおじさんって呼ばなかった？」

「呼んだよ。東山さんは母方の叔父だもの。うちの親父は技術者で転勤が多かった。おまけに子供だった僕は身体が丈夫ではなくてね。一時期叔父さんの家に預けられていたんだ。最初に僕をここに連れてきてくれたのも叔父さんだ」

「聞いてないわよ、そんなこと」

「あれ、そうだっけ？　とっくに話したつもりだったけれどなあ」

「絶対に聞いてない！」

我知らずのうちに言葉遣いが詰問調になっていたかもしれない。「それは」と、助け船を出してくれたのは工藤だった。

「たしかに石坂様は東山様をご紹介されましたよ」

「いつ？」

「ずいぶんと前のことになりますが。ちょうど他のお友達を連れて、店にお見えになったときのことだったと、記憶しています」

「もしかしたら……」と、美野里が言い淀んだのは、記憶の淵からあまり愉快ではない出来事が引きずり出されたからだ。

「そういえば美野里さん、あの夜はずいぶんと聞こし召していたからなあ」と、修がいわずもがなの一言を口にした。もう二年近く前になるが、たった一度だけ、美野里は香菜里屋で醜態を晒したことがある。正確にいえば、かなり度を越してはしゃいだと、あとから友人に聞かされたものの、美野里本人にはその記憶がない。

「ところで、わたしに話していないことがあるって、どういうことなの」

美野里は改めて忌まわしき記憶に封印を施す意味で、話題を強引に元に戻した。

「ああ、そのことか。金村さんの話をにわかには信じかねてね、それである人を訪ねてみたんだよ、数日後に」

と、修は話を始めた。

「ヨオ石坂じゃないか。電話をもらった時には、てっきり間違いかと思ったぞ。そうか、俺が会社を辞めてもう三ヵ月になるか。同期で社に残っている奴も少なくなったようだな。それにしても会社ってのも酷いよな。経営が悪化したのはすべて社員の責任だといわんばかりに、片っ端から首を切りやがる。経営責任なんてのは、どこか遠い国の未知なる言葉だって、いいたいのかね。

そりゃあ、愚痴の一つもいいたくなるさ。俺の場合はいきなり関西の関連会社に出向の内示だろう。川越に一軒家を買ったばかりだぜ。しかも子供は来年小学生。物いりだって加速度的に増えるこたあ、目に見えている。関西に単身赴任なんてできるはずがないじゃないか。そういったら途端に「じゃあ、自主的に退社すべきだ。退職金も上乗せされることだし」ときたもんだ。幸いなことに親戚の経営する会社で人手を欲しがっていたからな。それでなんとか波風立てずに済んだけど、再就職に苦しんでいる奴がごまんといるそうじゃないか。そのうち人事部の湯浅、誰かに刺されるんじゃないかね。

エッ、その湯浅部長のホームパーティのこと？　ああそういえば電話でそんなことを話していたっけ。内示が出る前に、パーティに招待されただろうって。よく知っているじゃないか。まあ、一部では噂になっていたからな。それで、なにが聞きたい。ナニ、パーティで犬に噛まれなかったかだって。どうしてお前がそんなことまで知っているんだよ。そうだよ、噛まれたさ。噛まれたといっても、犬がよくやる甘噛みという奴だがね。力一杯噛むんじゃなくて、甘えてかぷっとやる、あれ。それなりに痛いが、怪我というほどのこともない。

　それにな、最初から湯浅の奴「うちのはたまに度を越したじゃれつきかたをするから、これをはめておいた方がいい」と、みんなに腕貫きを貸してくれていたんだ。ほら、事務方が腕にはめてる、あれだよ。奥方の手製とかで、デニム地にチューリップのアップリケなんてついているんだ。もっとも、よほど活発にじゃれつくのか、チューリップだか牡丹の花だかよくわからんようになっていたがね。

　最初のうちは良かったんだ。あのテツマルとかいう馬鹿犬。腕貫きをはめた俺の腕にじゃれついてさ。舐めたり、軽く囓（かじ）ったり、もう夢中でじゃれつくんだよ。よほどの犬嫌いでない限り、あんなに愛嬌よくじゃれつかれたら気持ちよくないはずがない。ああ、うちでも小型犬を飼ってもいいなと思ったほどなんだ。

ところが、さ。そこへもう一匹登場した。テツマルはなんとかいう血統書つきの犬種なんだが、こっちはどうやら雑種らしい。サクラ、とか呼んでいたから雌犬だな。いつの間にか居間にやってきて、俺に近づいたんだよ。雑種とはいってもなかなか賢そうな顔立ちだったし、大きめの尻尾をちぎれるくらいに振り回し、近づいてくれば誰だって頭くらい撫でたくなるじゃないか。で、腕貫きをはめた方の腕をサクラに伸ばした途端。

そうだよ、いきなりテツマルにかぷっとやられた。

たぶん嫉妬したんだろうな。それがどうした。ナニ、それが運命の分かれ目になったかもしれないって。どういうことだ。湯浅はリストラ候補社員を集めてホームパーティを開き、そこで犬に選抜させるって。そんな馬鹿な……といいたいところだが、十分に考えられるな。あの策士ならやりかねんさ。といっても、本当に犬に選択させているわけじゃないと思うぜ。たぶん、奴の中ではすでに退職者リストがちゃんとできあがっているに違いない。それを敢えて犬のせいにしてやがるんだ。

理由？　そんなことは自分で考えろ。まあ、湯浅は湯浅なりに考えてのことだろう。俺は別に恨んじゃいないよ。たしかに職を変えて待遇は少し悪くなったが、それでも生活ができないほどじゃない。

ところでその噂、誰から聞いた。いや、同じ時期に退職した社員と、こないだばったり神田で出会ってな。そしたら同じような噂を聞きつけたと、教えてくれた。

そうか、営業部の金村元部長か。

あの人もいろいろあったから。だが、彼にはあまり接近しない方がいいかもしれない。湯浅以上の策士と、陰口を囁かれていたのを知っているか。そうか、知らなかったか。外面は抜群にいい人だったしなあ。あの人もまた、心の裡に鬼を飼っていることを、肝に銘じておけよ。じゃあな、仕事があるから。今度はゆっくりと酒でも飲もうや。

と、修の話を総合すると、このような会話が交わされたらしい。

「だから、どうなの」

「どうなのって、わからないか、美野里さん」

「わからないから聞いているの」

話の重要なポイントは「退職者リスト=リストラ要員」が、ホームパーティ以前にすでに決定していたという点だろう。だったらどうしてパーティなど催す必要があるのか。ましてやわざと犬に嚙ませるなどという、無駄なセレモニーまでつけて。

「飼い犬のテツマルをどうやって仕向けたか、はわかるよね」

「噛みつかせたい相手とテツマルがじゃれている時を見計らって、もう一匹のサクラを室内に入れたのでしょう」

「その通り。たぶんテツマルは嫉妬深い性格なのだろう。じゃれついている相手の関心が、サクラに移ると途端に機嫌を損ねて、甘噛みをしてしまうんだ」

リストラする必要のない社員を招待した場合は、サクラを登場させなければよい。そこまでは美野里にも理解できる。けれど問題は結局、

「なんで、そんなことをする必要があるの」

という一点に集約される。

修も東山も、自分のグラスを見つめたまま、美野里の問いに答えようとはしなかった。言葉を探しているようにも、拒絶しているようにも見える。

澱んだ空気を見かねたのか、「口直しにどうぞ」と工藤が差しだしたのは、ピクルスだった。ズッキーニ、イエローピーマン、人参、セロリといった野菜のざく切りが、小鉢の中で彩りを競っている。一切れをつまみ上げ、歯と歯茎も喜びそうな野菜の感触を味わうと、同時に粗挽きの黒胡椒（くろこしょう）が口内を刺激する。甘みのほとんどない、酸味と野菜の香りのマッチを楽しむための一品である。

「プライド……といえばいいのかな」と口を開いたのは、修だった。

「どうして犬に噛まれてプライドが保てるの」

「己の実力が問われたわけではない。あくまでも運が悪かっただけだと思いこませるための、かな」

東山が言葉を続けた。

「あるいは、犬のお告げなんかでリストラ要員を選抜するようなくだらない会社なら、こっちから三行半（みくだりはん）を突きつけてやる、と思わせるための」

修の言葉を聞いて、ようやく美野里はすべてを理解した。

リストラ＝人員削減が当たり前の日本の企業では、そこにどうしても恨みという要素が加わることになる。あるいはそれまでの終身雇用幻想から脱しきれないものには、企業から放り出されたという屈辱感と、自信の喪失が伴うだろう。二つの要素を軽減することが、実は犬のお告げの最大目的ではないのか。

「それが首切り湯浅の考えかア」と呟くと、諦観めいた修の態度にも納得がいった。テツマルに噛まれようが噛まれまいが、リストラ要員はすでに決定している。そのからくりが判ってしまえば、怯（おび）える必要もないし、悪あがきをすることもない。

「湯浅部長とやら、あるいは個人の恨みを一身に背負うつもりかもしれないなあ」

東山が呟くのへ、修も美野里も頷いた。

「リストラがすべて終了したら、彼も退職するつもりかもしれません」

「だとしたら、ちょっと悲しいね」

「彼もまた宮仕え、すまじきものなり、か」

「というよりは、凄まじきものって感じかな」

美野里と修の会話に耳を傾けていた工藤が、顔を上げた。その顔が、不意をつかれたヨークシャーテリアのようで、滑稽な気がした。

「どうしたの、マスター」

「いえ、大したことではないのですが」

グラスに磨きをかけながら、工藤がなにかを呟いた。

「やだな、マスターらしくない」

「すみません、ちょっと気になったことがあるものですから」

「犬のお告げについて？」

「湯浅部長という方は、やはり愛犬家なのでしょうね」

「もちろん。社内でも有名だよ。夫婦揃ってたいした愛犬家だって」

「はあ、奥様も、ですか」

そういったまま、口を噤んでグラスを磨き続ける工藤が、わずかに一言「歪んでいるな」と呟いた気がしたが、それは空耳であったかもしれなかった。

「で、修はどうするの、パーティ」

「もちろん出席するさ。ただし絶対にテツマルには嚙まれてやんない」

「なにか、手はあるの」

すると、修がセカンドバッグから、香水瓶のようなものを取りだした。蓋を開け、さっとひと振りすると、あたりにメンソールの香りが飛び散った。

「北海道は北見産の、純正ハッカオイルだ」

「まさかこれを」

「テツマルがじゃれつこうとしたところへ腕貫きに一滴、ほどね。するとどうなるだろう」

ほんのひと振りでこれほどの香りである。人間の数万倍はあるとされる犬の嗅覚にとっては、強烈極まりない一撃となるに違いない。

「ちょっと残酷な気がするけど」

「湯浅部長の謀略のお先棒を担いでいるんだ。ちっとは痛い目を見てもらわないとね」

そういって笑う修に、いつもの屈託のない笑顔が戻っているのを見て、美野里もまた気持ちを和らげた。

一週間後。

湯浅家のホームパーティから帰ってきた修に、美野里は、

「どうだった、テツマルはハッカの香りに悶絶した？」

と、聞こうとして、彼の表情に名状しがたいものを感じて言葉を止めた。

「なにかあったの」

「……うん、それがね」と、修はいったきり言葉を続けない。

「なにがあったの」

「いなかったよ、テツマル。昨日急死したんだって」

「どうして、また」

「わからない。部長夫婦の様子がまたただ事じゃなくてね。ひどく険悪なんだ。それでパーティは急遽お開きになってしまった」

そういって背広を脱ぐ修は、解答困難な方程式を与えられた学生の顔つきをしている。

思いは、美野里もまったく同じだった。

4

香菜里屋を訪れるべきか、否か。美野里とさんざん迷った挙げ句、修が彼女を伴って店を訪れたのはひと月ばかり経ってからのことだった。いつものように、「いらっしゃいませ」と迎えてくれた工藤に、どう話を切りだしてよいか、ここでも修の迷いはつきなかった。供された小鉢の中身は、ささみを緑色の調味料で和(あ)えたものらしい。口にすると、未知の刺激が舌全体に広がった。

「九州産の柚胡椒(ゆず)を戴いたものですから。自家製です。香りが強いでしょう」

「へえ、こいつは実にうまい」

「むこうでは刺身にも柚胡椒を使うそうですよ」

そのようなことを話しながら次の話題への接ぎ穂を探していると、「良い報せと悪い報せの両方をおもちのようですね」と、工藤が唐突にいった。

「どうして、それを!」

二人同時の問いには答えずに、工藤が厨房へと消えて、すぐに戻ってきた。手にしているのは黒いハーフサイズのシャンパンボトルだ。「ちょっと銘柄的には良くないのですが」とよく判らない言葉を呟いて、手際よく口金を解き、ナイフをあてて注ぎ口を掃除してゆく。軽やかな音と共に、いつの間にか用意された三つのグラスへと、黄金色の液体が注がれた。

「おめでとうございます。今夜はわたしもご相伴に与（あずか）らせていただきます」

そういって、工藤が二つのグラスを修と美野里に勧め、自らも取り上げて乾杯の一声をあげた。

「どうして、わかったの」

「そりゃあもう……お二人の指に、先日はなかったものが光っていますから」

二人して、数日前に購入したばかりの結婚指輪を隠すようにして、

「とりあえず、入籍をね。式は挙げない。披露宴も形ばかりのもので済ませることにしたんだ」

修がいうと、工藤は大きく頷いた。

「いまどき、華美な結婚式などはやりませんからね」といいながら、美野里へと向けた工藤の視線には「あなたもそれでよいのですか」という言葉が込められている。

「わたしも、それでいいと思います。女がすべてウェディングドレスに憧れを持って

いるとは限らないし」

「結婚写真だけは、衣装を借りて撮っておくことにしました」

美野里の言葉を、修が引き継ぐと、工藤はもう一度満足そうに頷いた。

「ところで、ね」

「新聞で読みました。大変なことになりましたね」

「うん、まさかこんなことになるとは」

二週間前のことだ。

人事部長の湯浅が、自宅で刺されるという事件が起きた。幸いなことに一命は取り留めたものの、彼の背中を包丁で一突きしたのが夫人であったため、社の内外に思わぬ波紋が広がった。当然ながら、夫人は緊急逮捕された。

「ところがね、彼女は動機について頑(かたく)なに口を閉ざしているのだそうだ」

「犯行は認めているのでしたね」

「ははあ、ワイドショーをしっかりチェックしているね、マスターも」

「ほんのさわりだけ、です」

「ところで……もしかしたら工藤さんは、こんな事件が起きることをあらかじめ予測していたんじゃないの」

美野里の問いに、工藤がシャンパングラスを手にしたまま、小首を傾げて考え込む仕草を見せた。

「というわけでもないのですが」

「ほらひと月ちょっと前、ここで犬のお告げについて話したときに、おかしなことをいっていなかった？『歪んでいる』とか、なんとか」

「その一言が気になってね。美野里としばらく話していたんだが。いや、どうでもいいことだとは思うけれど、あるいはマスターはすべてを見通していたんじゃないかと」

二人で交互にいうと、工藤は改めてグラスの中身を舐めながら、

「犬のお告げですか。非常に興味深いお話でした。リストラをスムーズに進めるために、犬に一役買ってもらう。東山様を含めた皆様のお話に、わたし、ずいぶんと感心していたんです」

「でも、どこかで違和感を覚えていた」

犬にリストラ要員を選抜させるような会社に未練はない。あるいは自分は実力に欠けるところがあってリストラされたわけじゃない、ただ単に運が悪かっただけだ。そう社員に思わせるための策略だとする推理に、間違いがあるとは思わなかった。今で

もその気持ちに変わりはない。

「皆様の推理が成立するには、ただ一つ不可欠な要素が必要でした」

「不可欠な要素？」

「犬のテツマルが、恣意的に誰かに確実に嚙みつく、という要素です」

「でもそれは、ライバルのサクラを登場させることで」

「果たして、それで完璧だろうかと、わたしは考えたんです」

いくら嫉妬深い性格であるといっても、犬の感情を完璧にコントロールすることは難しい。テツマルの行動をより確実に掌握するには別の要素が必要だと、工藤のいわんとすることは理解できた。

「たとえば、大好物をサクラに取られそうになると感じたら」

「ああ、当然ながら嚙みつくだろうね」

「そして、それがたった今じゃれついている人間が、手にしているものだとしたら」

「ちょっと待って。そんなものを手にしていたなんて話、聞いていないよ」

「手にしているというよりは、腕にはめているものでしょう」

「ああ、腕貫き！」と、また二人して声をあげた。が、続く美野里の「犬万だ」という一言は、修の理解を超えていた。

「ハハハ、そのお年で白土三平を知っているとは、よほどのマニアですね」

「『カムイ伝』も『サスケ』も、みんな読んでいます」

どうやら、漫画の話らしい。白土三平という名前に、ようやく聞き覚えがあった。

「で、犬万がどうしたの」と、美野里に問うと、

「犬万は犬の大好物。猫に対するマタタビのようなものよ」

「ですが、あれは相当に臭うと、漫画にはありましたね」

「そうか、ミミズの死骸を発酵させたものだっけ」

工藤と美野里に取り残されながらも、おぼろげながら修にも会話の中身が想像できた。

「そんなに臭うんじゃ、腕貫きをつけた途端に不審に思われるよ」

というと、美野里が口をへの字にして黙り込んだ。

「けれど、似た効果をもたらすものがあります。しかも匂いはありません」

そういって工藤がカウンターの下から小瓶を取りだした。

「これは……」

「見ての通り、食塩です」

二人して小瓶を見つめるものの、工藤の言葉に頷くことはできなかった。

「ドッグ・フードと呼ばれるものが、ほとんど無塩であることはご存じですか」

「いや、知らなかった」

「犬には、塩分をあまり与えてはいけないとされています。従って彼らは常に塩ッ気に飢えているといっていいのです」

「似た話を聞いたことがあるよ。たしか店屋の入り口に盛る塩も、同じ効果を狙ったことが始まりだって」

「そうです。もっとも向こうは中国の故事、店先の盛り塩は牛車を引く牛が立ち寄ることを目的としていましたが」

草食動物である牛は、塩分を取る機会が非常に少ない。そこで牛の好む塩を店先に盛っておき、牛ごと牛車を呼び込むというのが盛り塩の始まりである。

「そうか、腕貫きに塩分を含ませておけば、テツマルは必ずそこにむしゃぶりつく！」

「誰の目にも、じゃれついているように見えるでしょう。さて、塩入り腕貫きをした人物をリストラ要員にしたい湯浅氏はどうするか」

「ライバルのサクラを登場させる」

一心不乱に腕貫きに染みた塩分を味わっているテツマルは、せっかくの大好物をサクラに取られたように感じることだろう。「好物をもってかないで！」と、抗議の意味を含めてテツマルは腕貫きをはめた人物の腕に噛みつくことになる。

「でも、それと今度の事件とどう関連があるの」

美野里の問いは、同時に修の問いでもあった。「それは」といった工藤が、いったん言葉を切った。

「どうして犬に過剰な塩分を与えてはいけないのか。それは彼らの腎臓があまり丈夫ではないからです。ところが、テツマルはリストラに協力することで、何十人分、もしかしたら百人分以上の腕貫きに染み込んだ塩分を舐めています」

脆弱な腎臓をもつ動物が、人間でも滅多に取ることのない大量の塩分を摂取したらどうなるか。残酷としかいいようのない結末がテツマルを待っている。

「結果としてテツマルの腎臓は破壊されてしまう、というわけか」

「湯浅氏の気持ちはわからないでもありませんが、犬のお告げなんて手法を、愛犬家は絶対にとってはいけないのですよ」

「だが、彼は敢えてそれを行った」

「そう考えたときに、ふとまったく別のベクトルが見えた気がしました。もしかしたら、彼は愛犬家ではあるが、テツマルをまったく愛することができなかったのではないか。むしろ、彼が無残に死んでゆくことを、心から願っていたのではないか。それでリストラがスムーズに進むならば、これは一石二鳥の名案だと、歪んだ思いに駆られたのではないかと」

修は美野里と顔を合わせ、小さく頷いた。二人の思考がぴったりと一致していると、確認したのである。

——まったく、この人の頭の中は、どうなっているのだろう。

犬のお告げという要素から、どのように思考を紆余曲折させたらこんな奇妙な結論を導き出せるのか。

工藤はなおも続けた。

「では、どうして湯浅氏はテツマルを憎まねばならなかったのか。最近ではペットショップではなく、繁殖家と呼ばれる人々から、直接犬を購入する愛犬家が増えているそうです」

「ああ、ブリーダーね」と、美野里は頷いた。その言葉で、修にも事件の構図が少しずつ見えてきた。

——あるいは、プレゼントされたか。テツマルはブリーダーから直接購入したか、

いずれにせよ、彼を湯浅家に連れてきたのは、夫人だろう。あまりにも陳腐で、そ

してだからこそ現実的な男女の歪んだ構図が、容易に想像された。しかも湯浅夫人は専務の一人娘であるから、彼女を詰問し、排除することは湯浅にとって自らの首を絞めることにもなりかねない。工藤の「歪んだ思い」という一言が、絶望的な現実感を帯びて、胸にのしかかる気がした。

「湯浅氏は、テツマルを憎みました。いえ、彼を育てたブリーダーを、そして夫人を憎むあまり、テツマルをもっとも残酷な方法で殺害するプランに夢中になったのです」

「その結果が、今度の刃傷沙汰、か。夫人にとってテツマルは、愛情の対象であると同時に、大切な思い人との絆だもんね」

「美野里さんは、優しい人ですね」

「とっ、とんでもない。でも、少しだけ夫人の気持ちが、いや、湯浅部長の無念も含めてわかる気がするだけです」

「そうですね、どこにも逃がしようのないエネルギーは、どこかで破滅的な威力を発揮する以外にないのかもしれません」

その時、修の胸にふと新たな疑問がわいた。

「でも、どうして夫人はそのことを知ったのだろう。もちろん犬のお告げ計画を湯浅部長が妻に話すはずはないし」

「それはたぶん……夫人にそのことを伝えた人物がいるのでしょう。わたしとまったく同じ思考を辿った人物がいて、テツマル殺害の真相を夫人に密かに吹き込んだのではありませんか」

工藤の言葉が、一人の男の横顔を思い出させた。

「かつては湯浅部長とライバル関係にあったけれど、蹴落とされた形で社を離れた人物」

と、美野里がいった。

「そして、恐ろしいほど頭の回転がよく」と、修。

「今も社内情報を、完全に掌握している人物」

それだけいって工藤は急に関心を失ったように、カウンターを離れて厨房に引っ込んだ。

その人物は、虎視眈々と現役復帰を狙いながら、機会を待っていた。奇妙なリストラ人事にまつわる噂話と、湯浅部長の周囲を執念深く探り続け、ついに決定的なスキャンダルに辿り着いた人物の名を、修は胸の深いところにしまい込んだ。

ややあって、工藤がガラスの器を盆にのせて戻ってきた。

「イチジクを赤ワインで煮たコンポートです。よく冷えていますよ、箸休めにどうぞ」

「わおっ！」と、器に飛びついた美野里の姿が、結局一度も顔を見ることのなかったテツマルに重なった。

「ところでね、工藤さん」

美野里が、スプーンを手にしたままいった。

「はい？」

「さっきもおかしなことをいっていたでしょう。シャンパンを抜きながら」

「聞かれてしまいましたか」

「あれ、どういう意味。銘柄が良くないって」

工藤が苦笑しながら、自らの額を二度、三度とこぶしで打った。

「ヴーヴ・クリコ・ポンサルダン・ラ・グランダム」

「なんですか、それ」

「先ほどのシャンパンの銘柄です」

「それがどうしたの」

「実は……その。《未亡人》という意味の単語が含まれていまして」

数秒間の沈黙の後、二人して、

「ひっど〜い！」

声をあげて、修は美野里といつまでも笑い転げた。

旅人の真実

1

金色のカクテルをください。黄色じゃありません、金色のカクテルです。ありませんか。

三十歳を過ぎているか、いないか。上背（うわぜい）はかなりある。スツールに腰を下ろすなり、そういった男の横顔を何気なく見た飯島七緒（いいじまななお）は、「あっ」と小さな声を上げそうになった。

注文の声にも横顔にも、なによりも注文の内容に聞き覚えがあった。「申し訳ありません。当店ではごくわずかな種類のカクテルしか、お出ししておりません」という工藤に、

「なんだ、バーといっても名ばかりか」

不満げに漏らした言葉までも、記憶と一致している。

――あれは確か……。

東銀座にある小さなバーだったと、七緒は思い出した。

かつては多くの文化人や粋人に愛され、銀座の夜に知らぬ者のない名店であったが、数年前に代替わりしてからは、ただの平凡なバーになってしまったその店に、男は現れ、同じ注文をしたのである。ひと月ほど前のことだ。しばらく悩んだバーテンダーが「金色ですか。難しいですね」といいつつ供した一杯のカクテルを、わずかに口に含んだだけで、先ほどの「なんだ云々」のせりふが飛び出した。名店と呼ばれていた頃のことを知り、その当時シェイカーを振っていた老バーテンダーを懐かしむことしきりの七緒でさえも、棘とささくれとを感じたほど、容赦ない言葉だった。

七緒以外の数人の客の視線が、闖入者へと集中していることに気がついた。いずれもこの店を愛してやまない、そしてこの場所を心の拠り所としている人々の視線は限りなく険しく、男の一挙一動にまで及ぼうとしている。さすがにこの状況は良くないと、七緒が思うより早く、

「カクテルでしたら、次の池尻大橋駅によいお店があります」

工藤が店のペーパーコースターの裏に簡略化した地図とその店の名を書き付けて、

男に渡した。それを受け取り、礼をいうでもなく店を出ていったあとで、

「なんだい、あの無礼な態度は」

憮然とした口調でつぶやいたのは、常連客の北だった。

「なにか理由がおありなんでしょう」

人はそれぞれですからと、工藤がいうと奇妙に納得させられるから不思議だ。

ところが「あの客を別の店で見たことがある」と七緒がいうと、店の空気が一変した。さらに今夜と全くシチュエーションが同じであったと続けると、どこかで「面白いね、その話」とつぶやく声が聞こえてきた。

「ふうん、全く同じシチュエーションねえ」

「なんだか、金色のカクテルを求めて、都内を巡り歩いているみたいでしょう」

「よほど大切な思い出でもあるのかな」

北と七緒の会話に「あるいは」と割り込んできたのは、先日結婚したばかりの石坂修・美野里夫妻だった。

「酔っぱらってたまたま入ったバーで、金色のカクテルを飲んだ。そのことだけは覚えているけれど、店の場所がよくわからないとか」

美野里の言葉に修が頷いた。

「でも、店の場所まで覚えていないなんてこと、あるかな」

「殿方は、しばしばお酒に呑まれるものじゃない」

「反論できない自分が、ちょっとだけ悲しいなあ」

石坂夫妻のやりとりを聞いていた北が、

「マスター、あんな輩（やから）を紹介してしまって大丈夫なの。その池尻大橋にあるバーというのは」

するとわずかな間、小首を傾げて考え込み、「大丈夫でしょう、彼ならば」と工藤は簡単にいった。

「大丈夫というのは、あの程度の男ならばという意味？　それとも店の人間が良くできていて」

「両方……でしょうか。あの店のバーマンは、自らの店のことを『プロフェッショナル・バー』と標榜（ひょうぼう）しているほどですから」

「あの男のいっていた金色のカクテルも？」

「たぶん、なんとかするでしょう」

それだけいうと、もういっさいの興味を失ってしまったのか、工藤は無言のままグラスを磨き始めた。

「それにしても無茶苦茶な注文だよ」

　修の言葉に「どうして」と七緒が問いかけると、

「だって、カクテルと一言でいいますけどね、この世にいったい何千種類のカクテルが存在すると思う？」

　ベースをあげるだけでも、ウィスキー、ジン、ラム、ウォッカ、ブランデーときりがない。さらにいえばウィスキーだって、スコッチもあればアイリッシュ、バーボンもある。バーボンとコーンウィスキーを分けてしまえば、さらにバリエーションが広がる。

「要するに、ベースとの組み合わせによって、色と香りと味とを楽しむのがカクテルだよ。バーマン個人のオリジナルを含めると、その数は無限にあるといっていい」

「それは確かに、無茶ですね」

「でしょう。ベースの指定も味の指定もないなんてねえ」

　修の疑問に答えてくれる客が現れたのは、翌日のことだった。

「いるかい」と、男が入ってきた瞬間、七緒は自分の目の奥で機能するスケールが、狂ってしまったのかと思った。一瞬、店内が七〇パーセントほどに縮んだかと錯覚し

たほどだ。縦にも横にもがっちりと広い、それでいて弛んだところの一つとしてない、強靱な肉のかたまりが、七緒を見るなり、

「おっ、もしかしたらあんたがフリーライターの飯島七緒さんかね」

と、声をかけてきた。口を半開きにしたまま、反応できないでいるところへ、

「すみません。ずっと以前に一度だけ、彼に話したことがあるんです」

工藤が厨房から現れ、頭をぴょこんと下げた。

「それは……いいんですけど……いやちっとも良くないか。でもいいや、この際。ところでこの人は」

すると男が、体に似合わぬ意外にも繊細そうな指使いで、一枚の名刺を取り出した。

『プロフェッショナル・バー香月　バーマン　香月圭吾』

そう書かれた名刺と男とを見比べると、その厳つい顔の作りに精一杯の笑顔らしきものを浮かべ、「よろしくね。今度遊びに来てください」と、香月がよく響く声でいった。昨日、「大丈夫でしょう、彼ならば」といった工藤の言葉を、七緒は別の意味で理解できた気がした。

　この日、工藤が小鉢に盛って出したのは、鶏の砂肝を薄くスライスし、白髪ネギとともに炒めたもの。とはいっても、そこになんの工夫も加えられていないはずもなく、かすかな酸味と香味野菜の香りが、味わいを複雑にしている。香月はそれを一口食べるなり、

「ウスターソースに漬け込んだか。少しウイスキーも入っているな。香味野菜はセロリとタマネギ、それにニンニクがごくわずか」

　つぶやくようにいった。それだけでも十分に驚いたというのに、工藤は無造作に、

「八十点」と切り返した。

「なにか、別の香辛料を使ったか」

「月桂樹を少々」

「使いすぎだ。そんなものはセロリの香気で消えてしまうんだ」

「使うか使わぬか。それは哲学の問題です」

「相変わらずだなあ」

「お互い様ですね」

　二人のやりとりを聞いているうちに、七緒は胸の中に不意にゆがんだ感情がわき上がるのを覚えた。二人の間に横たわるなんとも温かいものに、そして自分は決して入

り込むことのできない二人だけの空間に、軽い眩暈(めまい)に似た嫉妬を覚えたのである。

「来たぞ、おまえから紹介されたといって」

「ご迷惑でしたか」

「まあ、な。金色のカクテルを作ってくれというから、工夫してやったのに、一口で帰ってしまった」

「捨てぜりふを残して？」

「ああ、そうだ。『バーといっても名ばかりか』なんていいやがるから、一喝(いっかつ)してやった。ここ以上にバーらしいバーがあったら教えろ、とな」

あとは三軒茶屋に一軒いいバーがあるのは知っているが、そこはビアバーだから比較対象にはならない。そういうと男は、怒ったように勘定を済ませ、店を出ていったという。「それはご苦労様でした」と工藤がいうと、

「だがまあ、やつを納得させられなかったのは、確かに業腹(ごうはら)だ」

「金色のカクテル、うまくいかなかったのですか」

「どうしてもメタリックな感じを出すのが……なあ。金色は難しいんだ。へたをすると単なる黄色になってしまう」

香月は、

タンカレー・マラッカジン　40㎖
カルヴァドス　40㎖
オレンジジュース　10㎖
アプリコットリキュール　1tsp（ティースプーン）

のレシピでカクテルを作ったのだと説明し、

「やはり、あれは金色ではなかったかもしれない」と、独り言のようにいった。

「確かにいわれてみると、大変な色ですね」

「だが、一つだけ確信したことがある」

「カクテルについて？」

香月が首を振って、驚くべき言葉を口にした。

「いや、あの男について。あいつは絶対に金色のカクテルを飲んだことがない」

2

それはないと思うよ、七緒ちゃん。香月さんといったっけ、いくらバーマンが長くとも、その推理は大はずれだ。だってそうだろう、いくらなんでもそれまで飲んだことのないカクテルを、注文する客なんているはずがない。仮に、だよ。名前だけは知っているけれど、これまで飲んだことがないカクテルを、というなら話はわからないでもない。でも、これまで飲んだこともない、名前も知らないでは、注文のしようがないじゃないか。

七緒の話を聞くなり、北から反論が返ってきた。

「やはり特別な思い出があるんだ」

「でも、香月さんは」

「だってそうじゃないか。彼が作ったカクテルを一口飲んだだけで、男は帰っていったのだろう。七緒ちゃんが見た東銀座のバーにしたって、同じことだ」

「それはそうだけど」

「彼は金色のカクテルを飲んだことがある。その記憶が舌に残っているからこそ、どの創作カクテルにも満足しなかったんだ」

「…………」

「特別なカクテルに秘められた、特別な思い。それだけでも上質なミステリになりそうじゃないか」

今日も二人で店を訪れている石坂夫妻が、話に加わった。

「もしかしたら、カクテルそのものではなくて、店に特別な思いがあるとか」

「あるいは、バーマンに思い出が」

「それは良い考えだね。バーマンといっても最近は女性も少なくないと聞く。金色のカクテルなんて、それこそ女性バーマンが考案しそうじゃないか」

夫妻のやりとりを聞きながら、七緒は釈然としないものを感じていた。

香菜里屋の常連客の間では、こうした推理ゲームが展開されることがしばしばある。それが楽しくないわけではないが、今回に関しては香月の言葉に、真実のかけらが見え隠れしている気がしてならなかった。しかも、

——あまり楽しくない結末が待っている気がする。

のである。

香月はいう。あの男の頭にあるのは、ただのイメージにすぎないのだと。そのイメージを満足させない限り、彼の行脚（あんぎゃ）は続くことだろう。ただしそれは、砂漠で見た蜃気楼を追い求める行為に似ていなくもない。「まあ、そのうちに俺がなんとかしてやるさ」と香月は簡単にいうが、それほどまでして金色のカクテルを追い求める理由が、どうしてもわからない。

「もう一つ気になることがあるんです」

北と石坂夫妻の視線が、七緒に寄せられた。

「気になること？」

「例の捨てぜりふです。もしも彼の胸の中に美しい思い出があるとしたら、あんなに人の心をささくれだたせるような言葉が、果たして出るものでしょうか」

それはよほど思いが強いから、逆に幻滅も強くなり、という北の言葉には、明らかに自らも納得していない響きがあった。

石坂夫妻も答えが見つからないのか、黙り込んだところへ工藤が人数分の皿を器用に運んできた。「国産でないのが申し訳ないのですが」と、いいながら並べた皿には、どう見ても春巻きにしか見えない料理が鎮座している。横に添えられているのは細やかな気泡のようだ。

「油で揚げた春巻きを、国産でないといわれても、なあ」

石坂美野里が、春巻きに箸を入れたとたん、全員が工藤の言葉の意味を理解した。ぱっと飛び散る芳香は秋の味覚として知らぬ者のない、そして、

「松茸だあ！」

石坂夫妻を無邪気に喜ばせるに十分な素材が春巻きには使われていた。

「春巻きに松茸とはね。合うのかね」と北は懐疑的だったが、むろん工藤が無謀な組

み合わせなどするはずもない。口にしてすぐにわかったのは、春巻きの外側の皮は生湯葉。中身は松茸にとどまらず、鱧の千切り、三つ葉のみじん切りが混ぜ込まれている。春雨の代わりに使われているのはくずきりだ。横に添えられた気泡には鰹節、昆布の濃厚な味がつけられている。それが口に入るやたちまち溶け出し、旨味のみを残して消えてゆく。

「これって、もしかしたら！」

「はい、土瓶蒸しそのものを生湯葉に詰め合わせてみたのですが、お口に合いましたか」

悪戯っ子のように笑う工藤の頭を、「よくやった、感動した！」とくしゃくしゃになで回してやりたくなった。こうしたうれしい驚きがあるからこそ、人は香菜里屋を離れることができないのかもしれない。

「この添え物はいったい……かなり濃厚なだし味だが」

早くも胃の中に料理を納めた北が、口元を紙ナフキンで拭きながら問うた。

「ヌーベといいます。だし汁をゼラチンで固め、それを泡立て器で攪拌してみました」

「それだけじゃないね。微かにだが、酢橘の香りがする」

「ほんの数滴、香り付けに」

それだけいうと、工藤は厨房へと消えた。ほかの客も無言のまま料理に挑んでいる。言葉など必要なかった。香菜里屋を愛するものは、ただ工藤の供する料理を堪能すればよい。官能にも似た満足感に脳細胞を満たされたことで、全く新しい思考が生まれたのか、皿を空にした美野里がふと思いついたように、

「そうか、そういう考え方もあるかもしれない」

とつぶやいた。

「そういう考え方って?」

「だからね、思い出にもいろいろなバリエーションがあるわけよ」

「そりゃあまあ、あるでしょう」

「いい思い出もあれば……」

「そうか、最悪の思い出だってあるにちがいない」

七緒と美野里のやりとりに、北までもが、「それだよ!」と同調した。

「彼はどこかの店で屈辱的な思いをした。その遺恨を晴らすために」

遺恨などという古めかしい言葉を使ったことを恥じたのか、修が「ねえ」と、いつの間にかカウンターへ戻ってきた工藤に、同意を求めた。が、工藤は唇をへの字にし

たまま、なにも語ろうとはしない。自分専用のグラスをビアサーバーの口金に当て、静かに金色の液体を注ぎ入れた。それを天井から降り注ぐスポットライトに当て、

「これは……明らかに金色ですよね」

と工藤が静かにいった。その言葉に反応して、

「ビア・カクテルだア」

北が歓声を上げた。

「そんなものがあるんですか」

「いろいろあると思うよ。確かビールとトマトジュースをブレンドするカクテルがあると聞いたことがある」

「それって、金色じゃないと思いますけれど」

七緒の問いに言葉を詰まらせた北だったが、すぐに、

「だから、ほかにもバリエーションがあるはずだろう。無色透明のジンやウォッカをベースにするとか」

助けを求めるように工藤を見るが、当の名探偵はビアグラスの中身に見入ったたま、心ここにあらずといった風だ。

「なんだか……かなり珍しいカクテルみたいですねえ」

「だからさ」

だとしたら話は簡単だ。男はビア・カクテルを飲ませる店、もしくはそれを作るバーマンから屈辱を受けた。たぶんこの店にやってきたのも、「ビール」という言葉を微かに記憶していたからではないか。

そうまくし立て、

「男がその店なりバーマンを見つける日はそう遠くないな。ビア・カクテルなんてものを日常的に置いてあるとなると、かなり限定されるはずだからね」

と、北は結論づけた。頷く石坂夫妻を見ながら、七緒はまた漠然とした違和感を覚え、静かに別の思考をまとめようとした。

三人の常連客が帰り、それからしばらくしてもう一組の見知らぬ客が帰ったあとで、「少しいいでしょうか」と、七緒は工藤にいった。その顔がゆっくりと縦に動いたのを確かめ、

「どう思いますか。先ほどの北さんの話」

「さすがに占い師というのは、洞察力に優れておいでです」

北は、渋谷のセンター街に占いの出店を持っている。占いとは情報処理の一様式にすぎないというのが持論である。

「でも、それほどいやな思いをした店やバーマンを忘れてしまうものでしょうか」

「ビア・カクテルというのも気になりますね」

今から二十年ほど前になるが、某国産洋酒メーカーが、缶入りビア・カクテルの販売を試みたことがあるという。

「さしたる評判にもならなかったようですから、それほど魅力的な味ではないのかもしれませんね。やはりビールはビールのまま、楽しんだ方がいいようです」

「さすがに工藤さんは、ビールについては一家言あるみたい」

「いずれにせよ……」

そういったまま、工藤が押し黙った。

「どうしたんですか」

「北さんの推理が正しいか否かは、近日中に明らかになるでしょう」

「どうしてそういえるのですか」

「彼が池尻大橋の香月の店をもう一度訪れたなら、北さんの推理は成り立たなくなります」

あの男が悪意の記憶をたどる旅路の道すがらならば、同じ店を二度と再び訪ねることはあり得ない。工藤はそういっているのである。

「金色のカクテルを作り得るのは、香月さん以外にないと信じているみたいですね」

「わたしの知る限りにおいて、彼はもっとも優秀なバーマンです」

その言葉を聞くと、再び七緒の中に嫉妬めいた感情がわき上がってきた。

「どんなお知り合いなんですか」

「……友人ですよ、古くからの」

わずかな言葉の中に、余人の立ち入ることのできない過去があることを、七緒は密かに確信した。

3

池尻大橋駅を降りて、商店街を中目黒方面へと向かい、百メートルほど歩いた左手に《バー香月》はあった。店の前に立ち、この店を自分はどこかで見たことがないかと七緒は自問して、すぐに答えを見つけることができた。

——似ているんだ、香菜里屋に。

具体的には一つとして同じパーツのない造りだが、全体が醸(かも)し出す空気、もしも建築物に顔立ちなどというものがあったとしたら、即座に「これは同じ顔立ち」と断言できそうな雰囲気が、香菜里屋に共通しているのである。

　わざと風合いを出したような無骨な木のドアを開けると、意外に小さな空間があった。五人も座ればいっぱいになりそうな一文字カウンターに、二人がけのテーブルが二卓。香菜里屋の七割方の広さといったところだろうか。そこではいっそう窮屈そうに見える香月圭吾が、七緒の顔を見るなり「おっ」と、切れの良い声をあげた。

　その背後に並んだ洋酒のボトル量が、凄まじい。壁一面を使った四段の棚に、みっしりという以外にない数のボトルが整列している。「すごい数ですね」と思わず口にすると、

「たいしたことはない。前にいた店の半分ほどだ」

「前にいた店……ですか」

「ああ、十五年ほど前まで横浜に、ね」

　スツールに腰を下ろすと、あつく蒸し上げたおしぼりが即座に差し出された。見回すと、空間は間接照明による最低限度の明るさしかなく、そこここに暗がりが潜んでいる。が、それは乾いた清潔な暗がりとでもいうべきもので、香菜里屋と同質の快適さを客に提供している。店の隅に置かれた蹲（つくばい）、一幅の書と一輪挿（ざ）しによって、香月というバーが茶室をイメージして造られていることが、わかる。

「ジンベース、少しさわやかな味わいのカクテルをロングスタイルで」

それだけ注文すると、香月は軽く頷いて作業に取りかかった。グラスとシェイカーに氷を満たすのは、どうやら双方を冷やすためらしい。その間に七緒の前には三種類のボトルが並べられた。シェイカーの氷を捨てる。小さな小さな鼓(つづみ)を思わせるメジャーカップが香月の指の間で躍り、三種類のアルコールが注ぎ分けられる。

シェイカーを振り、グラスへと注ぐ一連の動きが、一分の隙もない舞踏劇のようだ。最後に炭酸でグラスを満たし、「どうぞ」と差し出す指先の静かな力強さに、香月の自信を見た気がした。

「このカクテルの名は？」

「今、この場で作ったオリジナル。強いて名付けるなら《NANAO》とでもするかナ」

「そうやって、どれくらいの女性を口説きましたか」

「男性客に頼まれて、恋のキューピッドをつとめたことはあるけれど」

「自分では、試したことがない、と」

「実は横浜の店にいるとき、最初に教わったバーマンテクニックが、これだった」

口当たりの良い、それでいてジンの香りがしっかりと自己を主張するカクテルを飲み干し、七緒はバーボンソーダを注文した。

「彼は……あの金色のカクテルに固執するお客は、あれから来ましたか」

棚に向かいバーボンのボトルを選ぶ香月に問うと、その広い背中が「来たよ、二度ばかり」と答えてくれた。

「彼は満足しましたか」

「ああ、最後に作った一杯でね」

この短い会話で、北の推理が全く的はずれであることが証明された。

あいつ……広末貴史というんだが、恋人のために金色のカクテルを作ってやりたかったそうだ。広末の恋人は大泉学園の小さなバーで、バーマンとして働いているのだとか。将来は自分で店を持つのが夢らしい。七緒さん、さる洋酒メーカーが、毎年オリジナルカクテルのコンテストを開催しているのを知っているかい。結構有名なコンテストでね。実は私もそこで入賞したことが、独立のきっかけとなった。彼女も、そのコンテストに出場するのだそうだ。

バーボンソーダを差し出しながら、香月が説明した。

「じゃあ、恋人のために金色のカクテルを？」

「その娘がいったそうだ。カクテルで金色を出すのは至難の業だ。けれど至難だからこそ、挑戦する価値がある、と」

「けれど、カクテルは完成しない」

それからの経緯は、容易に知れた。広末は、きっと女性バーマンの良きテイスターでもあったのだろう。彼は彼女が作る金色のカクテルの試作品を数限りなく味わったはずだ。しかしとても満足のゆくものはできない。あらゆるベース、あらゆるリキュール、あらゆるフルーツジュースが試され、そして却下されたのだ。

「だからこそ広末は、都内のそれと知られたバーを行脚し始めた。最初に香月さんが作ったカクテルを、一口しか飲まなかったのは、すでに同じレシピを彼女の試作品で知っていたから」

「そういうことになるなあ」

「でも香月さん。仮に彼が満足のゆくカクテルが仕上がったとしても、それをそのままコンテストに出すわけにはいかないでしょう。だってそのカクテルは香月さんのオリジナルだもの」

「いっこうにかまわんがね。まあレシピを教えてやったから、そのバーマンなりに改良を加えるだろう」

「でも」と、七緒は言い淀んだ。確かに広末の行動は理解した。が、納得したわけではない。恋人のために幻のカクテルを求めて、バーを渡り歩く広末の姿に、幾ばくかの感動を覚えないわけではない。しかし、他人の作ったカクテルでコンテストに入賞したからといって、それが許されるのか否か。判断の天秤はどうしても否定へと傾きがちになる。

「わたし……やっぱり甘いのかな」

「あるいは、青臭い、か。でもね、コンテストに入賞するといっても、さほどの権威を与えられるわけじゃない。結局はバーマンのセンスと実力が、その店の行く末を定めるんだ」

「たとえば、この店がそうであるように」

「工藤の店がそうであるように」

香菜里屋は、決して立地条件の良い場所にあるわけではない。けれどいつだって常連の客であふれているのは、そこで過ごす時間が限りなく愛おしいからだ。きっとバー香月に集まる人々も同じ動機を持っていることだろう。

それでも考え込んでいると、腹部のあたりがキュウと鳴った。

「空腹はいかんな」

ちょっと待っていろと、カウンターの奥にしつらえられた狭い厨房に香月が入り、ややあって小皿を手に戻ってきた。

「オニオンピクルスとコンビーフでディップを作っておいたんだ」

それをソルトクラッカーで挟んであるらしい。大きく齧ると、肉の旨味とピクルスの酸味、それによく知らない香辛料の香りが広がった。

「おいしい！」

「だろう。料理だって工藤には引けをとらないつもりだがね」

「それはちょっと言い過ぎかも」

「まっ、まあ料理にかけてはあいつ、特別仕立ての舌を持っているからなあ」

「わたしたちは、魔法仕立てといってますけど」

けれど、良い店を見つけたことは確かだった。三度に一度、あるいは四度に一度くらいはこちらの店を利用しても良いかなと思案しつつ、クラッカーサンドを食べる七緒に、

「広末のことは忘れてやれ。金色のカクテルのことも」

「どうしてですか」

若い二人のためだ、といいながらなぜか視線を泳がせる香月に、七緒はふと不安以上のものを覚えた。

——この人はまだ、誰にも見せていないカードを隠し持っている。

そして、一度切らないと決めたカードについて、自らそれを開いてみせることは決してあり得ない、香月とはそうした人間であることを直感した。

なにからなにまで工藤によく似ている。二人はまるで合わせ鏡に映った表裏のようだと、七緒は自分の感性に誤りがないことを確信した。


香月は「忘れてやれ」といったが、七緒は心に残ったしこりをどうしても消し去ることができなかった。実体のあるはずのない感情のほつれが、はっきりとした形をとったのは翌月のことだった。

その朝。七緒は朝刊の三面記事に、広末貴史の名前と顔写真を発見した。彼の名前の左横には「被害者」という三文字が並んでいた。

4

池尻大橋のバー香月を訪れた七緒は、店のドアに「臨時休業」の札を見つけると、そのまま香菜里屋を目指した。焼き杉造りのドアの前に立ち、ノブに手をかけようとして、店内から聞き慣れた香月の声が「まさかこんなことに」というのを聞いて、なぜか次の動作をためらってしまった。

「飯島さんでしょう、お入りください」

工藤の声に応じてようやくドアノブを引くことができた。七緒を見て「よお」と片手をあげる香月の声は以前のままだが、顔つきがまるで違う。

「あの、新聞を読みました」

「ああ、とんでもないことになってしまった」

「広末さん、どうしてこんなことに」

「たった今、工藤に責められていたところだ。余計なことをするからだって」

香月の発言に苦笑しながら、「そんなこと、いってやしませんよ」という工藤の顔にも、いつもの柔和な笑顔はなかった。

「いったい、なにがあったのですか」

「わからない」「わかりません」と、二人は声を重ねていったが、七緒は納得しなかった。この二人が、ことに工藤がなにもわからないはずがない。そのことを訊ねようとする前に、工藤は厨房に消えてしまった。

この日、料理人兼名探偵が作ったのは生のほうれん草とゆで蟹を、パルメザンチーズをきかせたソースで和えたシーザーズサラダ風のひと品。「少し度数の強めのビールがぴったりだと思いますが」というが、七緒は曖昧にうなずいただけだった。続いて、げんこつ状の揚げ物と小鉢に張ったスープが小さな膳にのせられ、

「賽の目にしたレンコンと新ぎんなんを、かき揚げ風に仕上げてみました。濃いめのコンソメスープでどうぞ」

という、工藤の言葉にも反応は同じ。

「思い詰めた顔つきだな。あまり深く考え込まないことだよ」

という香月には、首を軽く縦に振ったのみだった。

――どうして広末は殺害されなければならなかったの。

そのことが澱のように頭の奥にこびりついたまま、離れなくなってしまった。七緒の中に、漠然とではあるが、一つの思いが固まりつつあった。

――事件のことを調べてみよう。

それがジャーナリズムの世界に生きるものの好奇心なのか、それとも別の思いなのか、説明することはできないのだが。

広末貴史の遺体は、自宅マンションのダイニングルームで発見された。第一発見者

はマンションの管理人で、隣の部屋の住人から午前九時頃、被害者宅のドアが開けっ放しになっていると連絡を受け、不審に思って部屋を訪ねて広末の遺体を発見したという。死因は後頭部を鈍器のようなもので殴打されたことによる、頭蓋骨陥没。が、不思議なことに、遺体の顔面にいくつかの切り傷が見られたという。刃の薄いカッターナイフのようなもので斬りつけられたかと思われる傷が全部で四ヵ所。解剖所見によれば相当の深さの傷で、かなり激しい争いがあったものと思われる。だが、顔面の傷が致命傷ではあり得ない。なぜ犯人は刃物で争い、そして鈍器でとどめを刺さねばならなかったのか。

広末貴史が犯人を部屋に簡単に招き入れていることから、警察では顔見知りの犯行である可能性が高いとして、目下捜査中。

事件専門のライター仲間から仕入れた情報は、その程度であった。

——わたしはなにを探し出そうとしているのだろう。

待ち合わせに指定された新宿の喫茶店で、七緒は一人物思いにふけった。茫漠とした砂浜で、砂をすくい上げては指の間から流し落とす作業を繰り返す。けれどそのくせ砂の間に見いだそうとするものの正体が見えてはいない。一本の針なのか、一個の玉なのか、それとも一枚のカードなのか。

調べを進めれば進めるほど、広末とは優秀な男であり、敵など作りようがない柔和な人物であり、およそ殺人事件とはほど遠い存在であることばかりが浮かび上がったのである。

彼の知人にも話を聞いてみた。

広末？　ああ、影は薄かったけど成績は優秀な男だったよ。大学を卒業するときには、研究室に誘われていたくらいだから。一を聞いて十を知るとでもいうのかな。なにか頼み事をすると、それ以上の結果を必ず用意するって、教授が感心していたくらいだから。

あいつのことねえ。特に自分からなにか行動を起こす男ではなかったなあ。自己主張もないし……。敵？　たぶんいなかったと思うなあ。むしろいろいろな人間から重宝がられていたっけ。別にパシリという訳じゃなく……強いていうならあいつに任せておけばすべてうまくいくと、みんながそう思っていたせいじゃないかな。誰からも頼られていた気がするよ。旅行に誘うと、これが事細かに予定を組むんだ。宿の予約なんかもすべてあいつに任せておけば大丈夫だったし。そうそう、広末のことなら、ぼくよりも詳しい人間がいますよ。彼に聞けばわかるんじゃないかな。いつも連(つる)んでいたみたいだし。

七緒が会った人々の中に、広末貴史を悪くいう人間は一人としていなかった。それでいて広末という男はいくつものベールに包まれているようで、本当の姿を見せない気がした。かつて東京中のバーを旅して歩いたであろう彼の足跡と、知人が語る人間像とが一致しないのである。一流のバーマンを目指した恋人のために、金色のカクテルを探し求めたという、その逸話でさえも、なぜか真実からは遠く位置しているような気がしてならなかった。

「飯島さんですか。ぼく、高槻(たかつき)です」

若い声のわりにひどく丁寧な言葉が、七緒を現実の世界に引き戻してくれた。見上げると、そこには薄い茶色のタートルネックにラフな上着をまとった柔和な笑顔がある。

「高槻……君和(きみかず)さんですね」

フリーライターの肩書きを記した名刺を渡すと、高槻君和はひどく珍しいものでも見るように表と裏を返し、それをテーブルの端に置いた。

「初めてです。雑誌の記者さんと会うのは」

ところで広末の一件で聞きたいことがあるそうですね。どこの出版社の、なんという雑誌の取材ですか。もしかしたらぼくの知っている雑誌かもしれない。

好奇心を露わにする高槻に、七緒は微かな嘘のにおいをかぎ分けた。隠しておきたい事柄を胸に秘めた人間は、得てして饒舌になりがちだ。

「どこの雑誌に売り込むかはまだ決めていません。取材が終わってから売り込みを始めます。それがフリーの仕事の基本ですから」

と慎重に言葉を選んでいうと、高槻は不意に表情を引き締めた。

「で、聞きたいこととは？」

「広末貴史という人物の人となりについて。何人かの知人に聞きました。そしたらみなさん口をそろえたように」

「ぼくの名前を口にした？」

「ええ、高校から大学、それに就職先まで同じだったそうですね」

そういうと、高槻はわずかに眉をひそめ、そして考え込む素振りを見せた。

「ずっと……同じか」

「違うんですか」

「いいえ、その通りです。彼とぼくは知り合った十六歳の時から二年ほど前まで、常に行動を同じくする関係だった」

二年ほど前まで、という言葉に特別なイントネーションをつけると、高槻は唇を引き結んで無言の人となった。少し乱暴な手つきでフィルター付きたばこを取り出し、火をつける。その所作を七緒はじっと見つめた。フリーライターの仕事にはインタビューもあれば、個人への取材も多々ある。目の前にいる人物が心を閉ざしたがっているのか、あるいはその逆か。状況によって対応を選択するのは、必要にして重要な技術でもあった。

高槻は話したがっている。けれど心を開くことをためらっている。チェーンスモークに近い速度で吐き出される煙が、それを雄弁に物語っている。

「なんといったらいいのかな」という、まだ迷いの残る言葉が高槻の唇からこぼれたのは、さらに二本のたばこが灰になってからのことだった。

「彼は……広末という男は実に優秀だった。物静かでいながら洞察力に優れていて。特に自己を主張することもなく、気がつけばそばにいるような男でした」

高槻の言葉は、これまでの複数の証言を裏付けるものでしかなかった。

——だが、彼は彼にしか持ち得ない情報を持っている。

七緒は、それが公開される瞬間を辛抱強く待った。

高校を卒業しても、友情に変わりはないと、高槻は思ったそうだ。二人の出身は北陸の中心ともいえる都市で、高槻は高校卒業後に上京して私立大学へ。広末は地元の国立大学に進学したのだという。

「ちょっと待ってください。それはおかしいのではありませんか。確かあなたは先ほど、彼とは十六歳の頃から常に行動をともにしていた、と」

「そうです。ぼくはてっきり彼が地元の大学に進学したものと思いこんでいた。ところが入学式を終えてしばらくたった頃に」

渋谷の街を歩いていた高槻は背中を軽くたたかれた。振り返ると広末貴史の笑顔がそこにあった。

どうしたんだ、いったい。なんでこんな時期に東京に？　連休も近いし遊びにでも来たのか。だったら前もって連絡してくれればよかったのに。ホテルは決まっているのか。なんだったら俺のアパートにでも泊まればいいじゃないか。水くさいことをいうなよ。

高槻の言葉を笑顔のままに受け流していた広末が、驚くべき言葉を口にしたのは、ややあってからだった。

「あいつ……『俺も高槻と同じ大学に入学したんだ』って……何事もないような口振りでいいました。話を聞けばぼくと同じ大学の入試も受けていて、合格していたそうなんです。だから不思議でもなんでもないんですが」

「あなたは、奇妙な気分になった？」

「そうです。まるで彼が追いかけてきたような。そりゃあ、驚く顔が見たかったといわれれば、それだけのことでしょうが」

二人の関係はそれで終わらなかった。広末貴史は卒業を前にして、卒論の担当教授から研究室への誘いを受けている。それだけ優秀な成績であったということだろう。実家は十分に裕福で、経済的なゆとりもあった。にもかかわらず、広末は誘いを断って就職を決めたのである。

「それも……よりによってぼくと同じ会社に、です」

文系学部を卒業した高槻は営業職に、理系の広末は技術職にと部署こそ違ったが、やはり二人の交遊はなおも引き継がれたことになる。望むと望まぬとに関わりなく、である。

先ほどの、高槻の苛立ちに似た行動が理解された。

「立ち入ったことをお聞きしてもよろしいですか」

「わかっています。彼が同性愛者であったかどうか、ですね」

そうではなかったと、断言したあと、ただ一度だけそうなのだろうかと考えたことはあったが、と高槻は付け加えた。

「というと？」

「数年前になりますが、当時ぼくがつきあっていた女性がいまして。いえ、今の女房とは別の女性です」

「そのことを広末さんは、よく思っていなかった」

「悪い女性じゃなかったのですよ。ただ父親が北海道の帯広で、小さな建設会社を営んでいましてね。いずれは一人娘の結婚相手に、会社を継がせると固く心に決めていたようです」

　女性はそのことを高槻に告げずに交際を続けていた。また、一度ならず彼女の実家に遊びに行ったことがあったが、父親もまたその話をおくびにも出そうとはしなかった。

「ははあ、いずれ結婚してしまえば、なんとかなると、いえ、是が非でも何とかしてみせると、父娘で謀っていたわけですか」

「結果的には」

　どんなルートを使ったのか、それを調べて高槻に告げたのが広末だった。

「最初は思いましたよ。こいつ、もしかしたら俺に特別な感情を抱いているんじゃないかと。ただ、ぼくにはその気がありませんでしたけどね」

が、当の女性を問いつめてみると、果たして広末の調査通りの答えが渋々ながら返ってきた。高槻は長男ではなかったが、それでも故郷に残した両親の面倒をみる義務の一端を担っている。見知らぬ土地で、ましてや意に添わぬ職業に就くつもりは少しもなかった。

「結局、彼女とは程なくして別れました」

「でも、それは結果論であって、広末さんの感情とは別物ではありませんか」

「違うと思いますよ。しかもぼくはもう二年前に結婚しているんです。そのとき広末は顔をくしゃくしゃにして喜んでくれましてね……」

そういってから、高槻は小首を傾げるように言葉を詰まらせた。

そうだな、そういえばあの前後からだ、奴とのつきあいが疎遠になってしまったと、誰に告げるでもない調子の言葉が、その唇から漏れだした。

「彼の恋人についてはご存知ですか?」

「さあ、先ほどもいったように、この二年はほとんどつきあいがなかったものだから」

「そうですか……彼、その恋人のために金色のカクテルを求めて、あちこちのバーを回っていたんです」

　そして理想的なカクテルのレシピを得てまもなく、今度は自分の命を手放してしまった。

　二つの出来事の間に横たわる因果律を問いかける、「どうして広末は死ななければならなかったのでしょう」という高槻の言葉は、あまりに根元的すぎて、七緒には答えようがなかった。

5

　香菜里屋にしては珍しい静かな夜だった。

　スツールに腰を下ろすと、いつもなら飲み物のオーダーを最初に訊ねるのが常の工藤が、呼吸の一つぶん、二つぶんのためらいを見せた後に、「少しお時間をいただけますか」とだけいって、厨房に消えた。「今日は北さんは」という七緒の問いに、バーナーに点火する音に紛れるように「お仕事でしょう」と、答えが返ってきた。

　高槻君和に会って、すでに三日が経つ。その場で得た情報を香菜里屋に持ち帰ったのが二日前だ。その場には北も石坂夫妻もいたから、当然のことながらいくつかの憶測と推理とが飛び交ったが、いつものような盛り上がりを見ることはなかった。ことに北の口から語られた、広末の愛の変遷(へんせん)と、それを恨んだ高槻犯人説は、雰囲気を白けさせる効果しか持たなかったようだ。

――なによりも。

会話のあいだ中、ついに一言も言葉を発することのなかった、工藤の頭の中身が気になって仕方がなかった。

仕込みが終わったのか、カウンターに戻ってきた工藤に「ビールを」と注文した。

すると意外なことに、

「今日は日本酒にしませんか」

「珍しい。工藤さんが日本酒を勧めるなんて。上物でも入ったのですか」

「用意した肴が……ちょっとだけ」

「日本酒向きなんだ。わかりました、お任せします」

工藤がこうした物言いをするときは、それに従うのがもっとも賢明な選択であることを知りつつ、七緒は胸の内に小さなざわめきを覚えた。

いつもの柔らかな表情ではなかった。声も顔つきもそれらしく作ってはいるが、目の前に立っているのは、いつもの工藤でありながら全くの別人だった。

萩焼きの手を思わせる片口が用意され、対の盃にとろりとした感触の冷酒が注がれる。その手つきに微かな緊張が感じられた。

「相当に、複雑な人格の方だったのかもしれませんね」

「広末貴史ですか」

「飯島さんのお話からは、とても殺人事件に巻き込まれるような人ではないと」

「皆が、口をそろえてそういいます」

盃の中身を一口、なめた。香気の甘さとは裏腹に、かなりどっしりとした米の味がする。いつの間にか用意された小皿には、鱲子（からすみ）と大根のスライスが重ね合わせられている。厨房で今しも出番を待っている、メインディッシュまでの繋（つな）ぎということか。

「正直いって、わたしには荷が重すぎたようです」

「そうなのですか」

そもそも香菜里屋に、殺人事件などという殺伐とした話題は似合いそうにない。二日前の会話が盛り上がらなかったのだって、根元はそのあたりにあるようだ。あくまでも酒の肴の一つとして、パズル感覚を楽しむのが、この店の流儀になっているのかもしれない。

「じゃあ、事件のことを調べるのは、もう終わりにしますか」

「その方がいいのかもしれませんね。別の仕事の締め切りも近づいてきたことだし、いつまでも広末貴史に関わっているわけにもいかないんです」

悲しいことに、それがフリーライターの現実なのだと戯けてみせると、初めて工藤の頰のあたりに苦笑らしいものが浮かんだ。それを見て、次の一言を口にする決心がついた。

「でも、終わりにするのは工藤さんの頭の中身を聞いてからです」

「聞かない方がよいかもしれませんよ」

「そんなに救いのない話ですか」

「なによりも……しょせんはわたしが頭の中で組み立てただけの、なんの根拠もないお話ですから」

そういいながら、いつだって真実に最も早く、そして確実にたどり着くのは工藤である。言葉の代わりに、七緒は黙ってうなずいた。

いったん厨房へと消えた工藤が、すぐに小さな膳を持って戻ってきた。膳にのっているのは土瓶である。ふたの上には小さな盃が一つ。別皿には酢橘の半身が添えられている。

「気をつけてください。土瓶ごと蒸したのでかなり熱くなっています。酢橘はお好みでどうぞ」

「これは……」

ふたを取ると、松茸の香気があたりに広がった。

「松茸の土瓶蒸しですね」

以前に食べた、工藤のオリジナル料理ではない。たぶん、これ以上は正統な作り方ができないほど正統に作られた一品なのだろう。

「国産の良いものが入りました。飯島さんに召し上がってもらおうと思って、とっておいたものです」

「わざわざ、わたしのために？」

「けれど、例の事件のことを調べるのをやめ、いえ、事件そのものを忘れてしまうおつもりなら、別のものを出そうと思っていました」

たぶん、厨房では日本酒に合う二種類の料理が用意されていたのだろう。先ほどの問いに対する答え如何(いかん)によっては、土瓶蒸し以外の一品が出されたに違いない。

「土瓶蒸しが、なにか意味を持っているのですか」

「とりあえず、どうぞ。冷めないうちに」

勧められるままに土瓶の中身を盃に注ぎ、口に運んだ。

濃厚なくせに上品な、出汁の旨味と松茸の香気、鱧の脂の甘さが口内で渾然となる。鼻腔へと抜ける初秋の香気が、たちまち頭部の内側に満たされてゆく。

「不思議な料理ですよね、土瓶蒸しとは。鱧はそれだけで十分においしいし、松茸もまたしかりです」

「二つが出会って、相乗効果を生み出すのではありませんか」

「相乗効果ですか。確かにそうといえなくもない」

工藤は謎めいた言葉を口にして、腕を組んだまま黙り込んだ。

いつだったか、「土瓶蒸しは季節を終わろうとする鱧と、季節が始まろうとする松茸とがぎりぎりの接点を持つことによってのみ生み出される、奇跡の料理である」という、一文を読んだことがある。

そういうと、

「確かに奇跡の出会いです。でもわたしは少し別の意見を持っています。松茸は確かにおいしい素材ではあります。けれど厳密にいえば香りだけの食材ともいえるのです」

「そうですね、特に深い旨味があるわけでもないし」

「土瓶蒸しは、松茸を素材にした最高の料理方法ではないでしょうか。しかしそれは、鱧という素材の旨味がなければ成立しない料理法ともいえるのです。言い方を変えると、松茸は鱧の旨味に依存しているのかもしれません」

依存という言葉が耳に届いた刹那、おぼろげながら、工藤の思考がわかりかけてきた。

「もしかしたら、広末貴史こそが」

松茸ではなかったのか。

十分に優秀ではあるが、なにか別の触媒と出会ったときに、彼は実力以上の能力を発揮する。というよりは、誰かに依存しなければ、彼は能力を十分に発揮することができない。

たとえば誰かに旅行に誘われると、彼は優秀なツアーコンダクターになることができる。けれどそれは決して自ら進んで誰かを誘うことのない、一方通行のツアーコンダクターだ。

学業にしても同じことがいえた。教授からなにかを命令されると、広末は優秀な研究者になることができる。そこに教授の実力が加味され、互いが相乗効果を生み出すことが可能になるのである。

「そして、彼が精神的にもっとも依存していたのが、高槻君和氏だった」

それは同性愛ではなかった。だが切実な、彼なしに自らの生活を考えることのできない、祈りのようなものではなかったか。だからこそ、広末貴史は高槻にこだわり、常にそのそばにいようとした。

よく似た人間関係はそこ、ここにある。子に依存することでしか生き甲斐を見つけられない親。妻への依存なしには、全く生活の能力を持たない夫。姉妹に依存するあまり、その結婚相手に激しい憎悪を抱く女性。

「高槻氏が別の女性とつきあっていた当時、彼は二人の仲を裂くようなことをしています」

「そうか、相手の女性は高槻氏を彼のもとから北海道へと連れ去る略奪者でしかなかった。広末氏にとっては許されるものではなかったのですね」

そのときになって、七緒は大きな矛盾に気がついた。

広末は高槻の結婚を手放しに喜んでいるのである。

「どうして……結婚をすれば高槻氏の生活は激変する。いつまでも広末の心の拠り所でいられるはずもないのに」

「そうですね。けれどももしもそのとき別の拠り所がすでにあったとしたら」

「もしかしたら、それが例の恋人！」

「そう考えるのが普通でしょうね」

別の拠り所、依存すべき相手が見つかったからこそ広末は高槻の結婚を素直に喜ぶことができた。そのことに納得すると、全く別の要素が納得され、そしてそこからは原点ともいうべき謎が再び謎としてクローズアップされた。

「広末が新たな恋人に依存していたとすれば、彼女は彼にとってのすべてですから、必死になって金色のカクテルを探し回ったのも納得できます」

旅人の真実はそこにある。

では、なぜ広末貴史は殺害されねばならなかったのか。

「しょせんは、わたしの憶測にすぎません」と、工藤は言葉を再び濁した。けれど彼の中に真実の完成型があることを、七緒は疑わなかった。

「どうして、彼は殺害されたのですか」

「……ポイントは彼の残した言葉にあると思われます」

「というと、例の『バーといっても名ばかりか』という、あれですね」

工藤がいつの間にか自分専用のグラスを取り出し、うなずいた。そのまま四つのビアサーバーへと向かい、一番奥の口金にグラスを当てて、もっとも度数の強いビールを注ぐ。客にはロックスタイルで供されるビールだが、それをそのまま口に含み、こくりと飲み干した。

「どうして、あんな言葉を残したのか。バーマンのプライドを引き裂き、ささくれた印象しか残さないことくらい、彼にもわかっていたはずなのに」

「もしかしたら、そうした印象を残すことが目的だった」

「そう考えたときに、事件の経緯が理解できた気がしました」

金色のカクテルを完成させることで、コンクールに入賞し、やがては自分の店を持つことを夢見る女性バーマン。けれど彼女を依存先として必要とする広末に、その夢は好ましいことであっただろうか。店を持つことになれば、いや、コンクールに入賞しただけでも、周囲は女性を認めるかもしれない。

「彼が望んでいたのは……」

「あるいはコンクールで入賞した後、それが実は他人のレシピによるものであることが発覚して、永遠にこの世界から追放されることになる彼女であったかもしれないと考えたのです」

七緒の中に生まれたやり切れなさが、言葉の機能を麻痺させた。

東京といえどもバーの数などたかがしれている。きわめて狭い世界であるといって良い。広末のことはすぐに広まったに違いない。

――とすると……。

もしかしたら金色のカクテルのレシピは、女性バーマンによって完成されてもいっこうにかまわなかったのではないか。彼女が優勝した後、「そういえば似たようなカクテルを注文していった男がいたな」と、よろしくない噂が流れるだけでも十分すぎる効果を生むことだろう。

広末はそこまで計算していた。

「狭い世界です。その女性の耳に噂が届いたとしても不思議はありません」

「自分の夢を灰燼に帰そうとする男への、爆発的な感情。それはたぶん」

憎悪から殺意へと、黒い窯変を遂げたことは簡単に想像することができた。

けれど、と七緒はその可能性を否定しようと試みた。工藤もいったではないか。すべては彼の推測にすぎないと。

空になった片口と、土瓶が静かに下げられた。

代わりにカクテルグラスが用意され、香月を思わせる見事な手つきで、冷凍庫に入れられた。シェイカーにクラッシュアイスが詰められる。

カウンターに用意された洋酒瓶は三種類。

「ジンは、タンカレーのマラッカジンです。それとシャルトリューズ。最後の瓶はドランブイ」

そういって工藤は、

タンカレー・マラッカジン　40㎖
シャルトリューズ　1tsp

を軽くステアし、カクテルグラスに注いだ。その底へマドラーを使って、

ドランブイ　10㎖

を、グラスの縁から静かに流した。

「香月ほどうまくいかないのですが」

といったことで、これこそが香月圭吾が広末のために考案した金色のカクテルであることがわかった。だが、厳密にいえばそれは金色ではない。よほど比重が違うのか、ジンの透明な層と、ドランブイの金色の層が完全に分離している。

「あの……これが例の?」

工藤がスポットライトの光が当たる場所にグラスを置いた。

「真上からのぞき込んでください」

いわれたとおりにすると同時に、七緒は再び言葉を失った。ドランブイの金色の上に、ジンの透明な層が重なっている。それはまさしくメタリックカラーであり、二つ

の層を分離させることによって、初めて完璧な金色が演出されていた。

「広末氏の顔面には、数ヵ所にわたって切り傷があったそうですね」

工藤の言葉が、七緒を陶酔から現実へと強引に引き戻してくれた。

破滅のその瞬間に、広末と女性の間に交わされた会話まで、正確に再現された。

ほら、こうして真上からのぞくことで初めて金色が演出されるんだ。きれいだろう、君のために苦労して探し出してきたんだよ。

広末の言葉は、彼のそばにいる女性の憎悪を一気に殺意にまで昇華させただろう。彼女の目の前にあるのは、憎むべき男の、あまりに無防備な後頭部である。振り下ろされる鈍器と、グラスにたたきつけられる顔面。その結果広末の顔には薄い刃物で切り裂かれたような四つの傷跡が生じたのである。

――そうか、最初にこのことがわかっていたのだな。

工藤と香月が、事件直後に二人で話し合っていたのは、このことではなかったか。

二人には、最初から殺害方法が提示されていたのである。

七緒は、二人の仮説を側面から証明したことになる。

「工藤さん、彼女は……広末を殺害してしまった彼女はどうなるのでしょう」

「いずれ警察が、彼女を割り出すでしょう」

「わたしたちは、じゃあ」

「飯島さんがどのような判断をしても、それはかまいません」

「でも、香月さんも工藤さんも、自ら警察に行く気はない」

「わたしは単なるビアバーの主人にすぎませんから」

それは、香月圭吾にしても変わりがない。

そのときだ。不意に香月と工藤の間に横たわる「依存」という文字が見えた気がした。

——まさか、ね。

思い直して七緒は、金色のカクテルを飲み干した。

約束

約束したね。

幸せも不幸せもともに分かち合おうと。もしもいつか、二人が歩む道を違えることがあろうとも、変わらない約束だよ。そして十年経っても互いの思いに変わりがないなら、あの場所で再会しよう。それぞれの中で過ぎていった年月を肴に、酒でも飲もうじゃないか。

1

ようやく客足が一段落したのを見計らい、日浦映一は厨房の人物に「そろそろ終わりにしませんか」と声をかけた。カウンター隅の洗い場で、皿をすすいでいる妻の夕海にも同じ言葉をかけると、「そうねえ、あたしすっかりお腹が空いちゃった」と、笑顔を添えた明るい声が返ってきた。時計を見るとすでに十一時を回っている。今日はこれで打ち止めだろうと、日浦はカウンター周りを片づけ始めた。

ややあって、厨房から出てきた男の掌の上で、二枚の皿が湯気を上げている。

「手近にあったもので……こんなものを作ってみたのですが」

白い円形皿に、見た目も楽しげなレモンイエローの半月が鎮座している。

「オムライスですかア」と、夕海の声が弾んだ。

うっすらとかかった群雲はホワイトソースだろう。緑の温野菜はブロッコリー。離れていてもわかるほど、蠱惑的なバターの香気が鼻腔を刺激する。

「申し訳ない工藤君。せっかくのお休みなのに店を手伝わせたあげく、賄いの真似事までさせてしまって」

「気にしないでください。ちょうど暇をもてあましていたところですから」

かつて日浦が通っていたビアバーの店主、工藤哲也が当時と寸分違わぬ笑顔でいった。

亡くなった夕海の母親が計画した奇妙な帰郷依頼を受け、日浦が東京を引き払って故郷の花巻に帰ってきたのが二年前のことだ。夕海と結婚すると同時に、駅前の小料理屋《千石》の主人に落ち着いた。とはいえ、その腕前はあくまでも素人の域を出ないから、長い間母親を手伝っていた夕海は、妻であると同時に師匠でもあった。忙しくも楽しい毎日が瞬く間に過ぎ、忘れかけていた花巻の言葉もごく自然に話せるようになってゆく。やがて包丁を持つ手つきに年季が入り、様になったところへ、懐かしいビアバー《香菜里屋》の工藤から電話が入った。

年末に十日ばかり店を休むことになった。ついては千石を一度訪ねてみようと思うのだが都合はどうだろう。

聞けば、店の水道回りに大きな支障をきたしたという。それも部分的な修理ではすみそうになく、大がかりな配管工事が必要だとか。これまで休みらしい休みを取ったことがないだけに、これを機会に旅行でも、という気になったのだと、工藤はいった。

花巻駅前のホテルに部屋を取った工藤が、店にやってきたのが三日前のことだ。その折りのタイミングがすてきに良かった。あくまでも日浦と夕海にとっては、だが。日頃は常連客で占められ、さして忙しくもない店内が、このときに限って異常なほどの混み具合を見せていたのである。常連と一見客とがカウンターにひしめき、オーダー一品通すのも至難の業といった有様に、日浦は半ば必然的に工藤へと救いを求める視線を送っていた。工藤ほどの腕前があれば、いちいちメニューについて説明を加える必要はない。むしろ彼の思うように、つまりは工藤流にメニューを作り替えてもらった方が、客にとっても幸福というものではないか。

かくして臨時のシェフが、千石の厨房責任者となった。そして日浦の期待を毛ほども裏切ることなく、工藤の作る料理は客の舌に幸福な出会いを与え続けたのである。夕海をして「いっそ、このまま工藤さんを拉致(らち)しちゃおうか」と、半ば本気混じりにつぶやかせたほどだ。

オムライスにスプーンを割り入れると、半熟の卵がとろりと流れ出た。

手近にあったもので、などといいながら工藤の作ったオムライスがまずかろうはずがなく、花巻市内のどんなレストランでも食べることはできないと、断言したいほどの出来だった。

「これ、量を少な目にしてメニューに取り入れてみよか」

「んだな。飲んだ後の小腹養いにいいかもしんねな」

夕海と日浦の会話に「後で作り方をお教えしますよ」と、工藤がいった。

その言葉にタイミングを合わせたかのようだった。

「まだよろしいですか」と、一人の客が入ってきたのである。その女性の顔を見たとたん、日浦はなぜか「あっ」と声を上げそうになった。知り合いというわけではない。年は三十歳をいくつか過ぎたくらいだろうか。その十分に美しい顔立ちに、感銘したわけでもなかった。

夕海と結婚する前はタクシーの運転手をしていただけに、日浦は人の顔に隠された感情を読みとることに長けている。バックミラー越しに見える客の顔は、様々な思いを日浦に伝えてくれる。思い詰めた顔、喜びに満ちあふれた顔、怒りを抑えるのに必死な顔、笑いをかみしめる顔。どれほど無表情を装っても、いつの間にか彼らの感情が己の胸の中に流れ込んでくるのである。ある種の職能といって良いかもしれない。

女性客の顔に浮かんだ作り笑顔には、恐ろしいほどの疲労感、思い詰めた負の感情、黒い黒い憎悪、そうしたものが過密なほどない交ぜになっている。

――けれど……それだけではないかもしれない。

そんな気がふとして、改めて女性客の顔を見つめた。

熱燗をください。外はこんなにも寒いから。開いてて本当に良かった。それとなにか温かいものをお願いします。もうすぐ連れが来るんです。たぶん、来るはずなんです。

矢継ぎ早の言葉にとまどっていると、工藤が代わりに動き始めた。熱いおしぼりを差し出し、その間に酒の用意をする。小鉢にお通しのだし巻きを盛りつけ、レンジで軽く温める。海老のすり身を混ぜ込んで焼いた、工藤特製の一品である。

「お約束ですか」という日浦の問いに、女性客はうなずき、なぜかもう一度さらに深くうなずいて見せた。

「温かいものであれば、根菜と手羽先の煮物をご用意できますけど」

酒器を差し出しながらそういった工藤が、客の反応を確かめてカウンター奥の厨房に消えると、店内になんとも居心地の悪い沈黙が澱（おり）のようにたれ込めた。会話の接ぎ穂など見つけようもなく、日浦も夕海も、そして女性客も三者三様の思いを巡らせるしかない。

沈黙を破ったのは新たな客だった。

黒いロングコートに降りかかった雪を払いながら、「やはり花巻は寒いね」といって入ってきた客を、日浦はどこかで見た覚えがあった。

——知り合いではないが……しかし。

「ええっと」

「まだ大丈夫ですか。少し遅くなってしまったが」

あなたは確か、といおうとして、二人の客の間に突然生まれた空気に、先を続けることができなくなった。空気は突然に固化し、融解して、また固化する。この作業を二人は永遠に繰り返すのかと思われたが、短い会話がそれを中断させた。

「約束、忘れていなかったんだ」

「……当たり前じゃない」

男の問いかけに答える女の表情が、ほんの一瞬だが泣き笑いに見えた。表情は瞬く間に霧散し、後には懐かしさと安堵が残ったようだが、日浦はかいま見たものを確かめるように女性客と男性客とを幾度も見比べた。

男の顔には、確かに見覚えがある。

「間違えたらごめんなさい。もしかしたら土方洋一先生ではありませんか」

日浦の言葉に、最初に反応したのは夕海だった。「土方って、あのベストセラー作家の」とつぶやくと、

「ベストセラー作家ではないが、その土方です」

そういって男性客はコートを脱ぎ、女性客のそばに腰掛けて「十年ぶりだね」と柔らかな笑顔を浮かべた。

土方が文壇に登場したのは確か一年ほど前ではなかったか。古風とも思える文体で綴られた、これまた古風としかいいようのない恋愛小説が、ある文学賞を受賞したのである。当初から書評などで大きく取り上げられ「かくも切ない恋愛小説は読んだことがない」とまで賞賛された。出版の世界の事情などとんと知らない日浦でさえも、土方の小説がベストセラーになったことは、耳にしている。それだけではない。続く

デビュー二作目の作品がこれまた評判になり、エンターテイメント小説に与えられる最高峰といわれる賞を、あっさりと受賞してしまった。その作品の映画化が決定し、日本を代表する女優が主演することになったという制作発表記事を、スポーツ新聞紙面に見たのが数ヵ月ほど前のことだ。そのとき、記者会見席に座っていた土方の顔を、日浦は見覚えていたことに気がついた。

「高見……さんじゃないよね、今は」

「香坂(こうさか)です。香坂有希江(ゆきえ)」

どうやら二人は、古くからの知り合いらしい。香坂と名乗った女性が、旧姓であった頃からの仲なのだろう。そして二人は十年ぶりに再会したことが、短い会話から知れた。

「ご活躍のほどは、テレビや雑誌で存じ上げています」

「なんだか……自分でも信じられないんだ。まるで自分が自分じゃなくなったみたいだ」

「ある日突然、サラリーマンがノーベル賞を受賞する時代だもの」

「似たようなものかもしれないね」

土方が盃を取り上げると、間髪を入れずに有希江が酒器を取り上げる。そのあまりのタイミングの良さに、十年の長きにわたる時間の隔絶が、ほんの一瞬のうちに埋まったことを、日浦は感じ取った。

「この店で、再会さ約束されていたのですか」と夕海が問うと、二人は同時にうなずいた。

「学生時代に一度、いや一度だけというべきか、二人でこの花巻にやってきた。二人とも宮沢賢治が好きでね。駅前の旅館に宿を取ったんだが、あいにくと予約をしていなかったもので、夕食が用意されなかった」

「それで二人とも駅前をうろうろ歩き回って、あの店はちょっと高そうだし、持ち合わせもさほどはないし……かといってせっかく花巻にやってきたんだもの、駅の立ち食いそばじゃ、あまりに惨めだし。そのうちに寒さはひどくなるし、お腹は空くしで泣きそうになったところで、この店にたどり着いたのよ」

香坂有希江の言葉に「ああそれで、うちに」と、夕海がうなずいた。日頃は常連客が席を占めることからもわかるように、千石の料金は決して高くはない。というよりは、

——その事実を店構えが問わず語りしている。

言葉にしようとしたが、亡くなった夕海の母親が夢枕に立つことを思って、あわて

て胸の内でうち消した。

「たった一つの旅の思い出」

「それがこの店なんですよ」

若い感受性は時に激しく相手を求め、同時に互いを食い合うことがある。たとえその場で将来を誓い合っても、それが成就されることは希有であるといって良い。かつての土方と有希江も、ある意味においてひどく類型的な経過をたどり、やがて袂を分かつ結果になったのだろう。しかしただ一つ、十年後にこの店で再会するという約束だけが、残された。

「もしかしたら、お二人がこの店に来られたのは」

「ええ、十年前のちょうど今日です」

日浦の直感を、土方があっさりと確信に変えてくれた。

厨房の奥から「コンロを用意しておいてください」という工藤の言葉が聞こえた。それに従い、ガスボンベタイプの小型コンロを二人の前にセットすると、まもなく土鍋を手にした工藤が姿を現した。「もう温まっていますから」といってふたを取ると、根菜の香りを凝縮した湯気が開放の時を待っていたように立ち上がる。「なんの工夫もいらない、手間だけの料理です」と工藤はいうが、そんなことはない。確かに手羽先と大根、牛蒡、にんじん、それにタマネギの櫛切りを水を張った鍋に放り込んで火にかけるだけだが、スープを濁らせないように、常にアク取りを施さねばならない。味付けは塩と日本酒のみ。四時間ほど煮込むことで、手羽先と根菜は互いの旨味を交換し、そして味をしみこませてゆく。寒い夜にはたまらないひと品である。

「いつも、こうして一品ずつ注文した料理をつつきあったね」

「互いにお金がなかったし」

「いつだっけ。焼鳥屋のカウンターに千円札を二枚おいて、店の主人に頼んだこともあったよなあ」

「そうそう。これしかないから、ちょうどいいところでストップをかけてくれって。そのくせ土方君ったら、ご主人にお酒を勧めるんだもの」

「おかげで、恐縮した主人が焼き鳥をかなりサービスしてくれたじゃないか」

「そうだっけ」

やがて二人は互いの中に降り積った月日を確認しあうかのように、静かに静かに盃を傾け続けた。日浦はその姿をいつまでも見ていたいと思った。

千石の主人に収まって良かったと心から思える瞬間が、幾度かある。今、自分はその幾度めかの瞬間に立ち会っているのだろう。夕海はと反応を見れば、思いはまった

く日浦と変わりないのか、早くも涙腺をゆるめようとしている。たぶん工藤も同じだろうと横顔をのぞくと、

——……!?

なぜかその顔に喜びの表情はなく、先ほどから何度目かの胡椒(こしょう)を鍋に振り入れている有希江の手元に、視線を集中させていた。

2

あれほど互いを認め合い、ほとんど同棲状態にあった僕たちが、どうして別れてしまうことになったのか。君は本当の理由を知っているだろうか。四年生となって早々と就職志望先から内定通知をもらった君は、いつまで経っても進路の決まらない僕に苛立ちを募らせていったね。やがて二人の会話には潤いがなくなり、そしてある日唐突に、僕は君から別れを宣言されたのだった。

「互いに、冷却期間を置いて見つめ直しましょう」

冷却期間を置いて見つめ直す。理性的ではあるが、その実は残酷きわまりない別れの言葉だった。

どうしてそんなことになってしまったのか。

理由は三年生の時の学祭にさかのぼらなければならない。

君も知っての通り、僕たちの大学には学生会、もしくは行事の執行委員会というものが存在しない。代わりにすべての行事を仕切っているのは、ある極左の学生運動団体だった。多くの人は「今さら、学生運動なんて」と思うかもしれないが、我が校は最後の残り火が、未だ絶えることなくくすぶり続ける場所でもあった。そして彼らは、大規模なデモを企画するたびに学生を集め、無理矢理参加させていたんだ。僕の入っていたサークルだって例外じゃなかった。学祭に出店するためには、誰かがデモに参加しなければならなかったんだよ。毎年、毎年……まあ、僕たちは密かに「今年のスケープゴートは誰だ」なんて、冗談めかしていっていたのだけれど。

三年生になったとき、スケープゴートにされたのは僕だった。ほかのメンバーの都合がどうしてもつかず、仕方なしに国会議事堂前のデモに参加したんだ。デモといってもヘルメットをかぶるわけでも、覆面をするわけでもない。先頭に立つ極左の連中の出で立ちはそりゃあ臨戦態勢で、物々しかったけれど、我々一般学生はお気楽なものさ。デモの直前に極左の責任者から「注意事項」なんて書かれたチラシを渡されていて、

＊万が一検挙されても、氏名等いっさいをあかさないこと。
＊十二時間以内に担当弁護士が駆けつける手配ができているので、黙秘を貫くこと。

と書かれていたものだから「いいねえ、一度弁護士の世話になってみるのも」なんて、軽口をたたき合っていたほどなんだ。それよりも早くデモが終わってくれないかな。国会議事堂ならば六本木が近い。帰りにどこかで遊んで帰るのも、たまにはいいか。それが本音であり、切実な願いでもあった。

ところがその年、僕はまったく知らなかったけれど、都内に点在する極左のアジトが一斉に手入れを受けていたらしい。デモは警察権力に断固抗議するという目的があったんだ。いつになく厳しい空気に早く気がつくべきだったかもしれない。国会前で数分間のアジテーションを行った後、デモ隊は移動を始めた。あらかじめ警察当局に申請していたルートを大きくそれて、桜田門の警視庁へと向かったのさ。全くの確信犯だが、我々一般の学生はそれに気がつくことはなかった。ただ連中の後を金魚の糞よろしく、ぞろぞろとついてゆき、そして一斉検挙の憂き目にあったんだ。

大学名はわかっている。どこの学部だ。何年生だ。氏名は。本籍は。

別に思想的背景があるわけではなかったが、何となく取り調べに当たった警察官の口調が気に入らなかった。人を頭から犯罪者扱いにした、横柄な口調が鼻についたのかもしれない。どうせ十二時間以内に弁護士が来ることになっている。上等じゃないか、それまではなにがなんでも黙秘を貫いてやる。有希江に、ちょうどいい土産話ができた。そんな軽い気持ちで、僕は黙秘することにしたんだ。

けれど、弁護士は二十四時間経っても三十六時間経っても接見にはこなかった。後から考えてみれば、あんな極左連中に協力する弁護士などいないと考えるべきだった。すべては出任せに過ぎなかったんだな。

そして四日目の朝だ。気味が悪いほど優しい口調になった取調官が、もう帰っていいといってくれたのさ。なんのことはない、完全黙秘のまま、僕は起訴されたというわけだ。そこから先のことは、裁判のことも含めて今となってはほとんど記憶にない。けれど、僕には望んでもいない前科がついてしまったことは確かだった。

それからだよ。すべての歯車が狂い始めたのは。いや、正確にいうなら、歯車の齟齬(そご)に気がついたのはもっと後になってからだった。だからこそ、よけいに絶望的な方向へと走り始めたともいえる。

まもなく四年生に進級し、僕なりに就職活動を始めたんだが、内定はなかなかもらえなかった。すでにバブル景気は終了していたものの、今の経済ほど底冷えがしていたわけではない。我が校はそれなりに知名度もあったし、僕も一年、二年次の一般教養課程をまじめに受けていたおかげで、《優》の数も人に見せて恥ずかしくないだけはあった。ところがどの企業に履歴書を送っても、書類審査で落とされてしまう。やがて業種も選ぶことなく企業ランクも下げて履歴書を送るんだが、それでも良い結果は出なかった。筆記試験を受けさせてくれるところはよい方で、結局一社として面接までこぎ着けることができなかったんだ。

さすがに焦った僕は、就職課に足をのばし、事務局の職員に相談してみたんだ。どうしてどこの企業も相手にしてくれないのでしょう。せめて筆記試験くらい受けさせてくれてもいいじゃないですか。先日、大手企業の下請けで機械部品を扱う商社にも、履歴書を出してみました。従業員数も五十人に満たない小さな商社です。でも、履歴書をそのまま突っ返されてしまいました。これはいったいどうしたことなんでしょう。

職員から返ってきた言葉は、あまりに残酷だった。

だって仕方がないでしょう。君は昨年の国会議事堂前のデモで検挙され、そのまま起訴されたのですから。あのデモを仕掛けたグループは公安当局に睨まれています。君は、最後まで黙秘を貫いたおかげで、彼らの仲間と目されてしまったんですよ。そうしたリストは裏のルートを経て瞬く間に、企業間に伝わってしまいます。どこだって、極左グループに属している学生を雇いたくはありませんからね。

馬鹿な、と思わず叫んでいたよ。だってそうじゃないか、あのデモで検挙された学生は百人を楽に超えていたはずだ。そのすべてが公安警察にマークされ、極左グループのリストに載ったなんてことが考えられるかい。だからこそ……僕も自分の経歴についてしまった前科という傷を、必要以上に軽く考えていたんだよ。

本当に僕はどうしようもなく愚かで、そして軽率な男だった。

就職課の職員は、まるであざけるように教えてくれたよ。百人以上の学生をマークする余裕が公安のように忙しい部署にあろうはずがない。また公安は、日頃から極左グループの動向には目を光らせていて、我が校がどのような状態にあるかもしっかりと把握していたんだ。だからあのとき、極左のグループ以外のほとんどの学生は身分照会をすませると、ちょっとしたお小言だけで皆釈放されてしまっていたそうだ。グループ以外で起訴された学生はわずかに三人。いずれも三年生だったが、残りの二人は親が自営業のために就職に支障をきたしたものはなかった。

わかるかい。つまり、馬鹿を見たのは僕一人だったというわけだ。

気持ちは焦る。就職先は見つからない。

そんなときだったね、君からあの言葉を受け取ったのは。けれど僕は、君に本当のことをいえなかった。僕が悪いんじゃない。運が悪かっただけなんだ。そういうべきだったかもしれない。けれどあのとき、僕は自分を取り巻く全方向に対して憎悪していた。正直にいうよ。僕がこんなにも苦しんでいるのに、どうして君の口からさらに逆境へ追いつめるような言葉を聞かされなきゃいけないんだ、って。

そうして二人は冷却期間という名の別れを、実行に移してしまったのだった。

それでも若干の希望は捨てなかった。公安のリストに載ったといっても、日本中の企業がそのリストを持っている訳じゃない。それにそうした体質に憤りを感じる会社だってあるはずだ。たとえばマスコミ関係の仕事はどうだろう。幸いなことに、マスコミの社員募集が始まるのは、一般の会社に比べると遅い。驚くような大手出版社でも、年が明けてから募集が始まるほどだった。僕は一縷(いちる)の望みを託して、出版社に履歴書を送りまくったよ。どこか必ず僕をすくい上げてくれる。そうすりゃ、故郷に帰らなくてすむ。そうなんだ。当時、故郷の両親からは就職先が見つからないなら帰ってこいと、しきりと電話がかかっていた。うちの親父が地元の大手企業にいたからね。コネを使えば公安にマークされた馬鹿者でも、下請け企業に入社できるというわけさ。

けれど僕は東京を離れたくはなかった。だって、東京にいさえすれば、いつか君と会えるかもしれないじゃないか。それに……無事マスコミに就職が決まりさえすれば、僕たちが離れて暮らす理由はどこにもなくなる。また君と二人で、暮らし始めることができると、小さな希望を抱いていたんだ。

結局は、すべて幻だったけれど。

あらゆる出版社に履歴書を出して、そして同じ数だけの履歴書を突っ返された。今なら笑い話にしてしまえるけれど……港区にある小さな業界新聞社に履歴書を送ったときのことさ。数日後に担当を名乗る男から電話がかかってきたよ。ああ良かった、面接が決まったのかと思ったら、ひどくドスの利いた声で「けんか売る気ならいつでも買うぞ」と、脅されてしまってね。そこの新聞社、さる有名な右翼団体のダミー会社だったんだ。極左のリストに名前を載せられた男が、履歴書を出していい会社でないことは、いうまでもない。あるいは、スパイにでも入るつもりだと、勘違いをしたのかもしれないね。それから三日の間は、怖くて部屋から出ることができなかったほどだ。

結局のところ、僕を雇ってくれるマスコミなど皆無だった。

自動販売機で売っているようないかがわしい本を制作する会社、それも社員数が十人にも満たない会社からさえも、僕の履歴書はろくに中身を見たとも思えぬ状態で送り返されてきたんだ。

やがて三月を迎え、僕も君も大学を卒業した。君が準大手の広告代理店に就職したことは、人づてに聞いていたよ。一緒に暮らしていた頃から、君は広告業界を志望していたものね。けれど、卒業こそできたものの勤める先を持たない僕は、すっかり気持ちが歪んでしまっていた。新しい世界に羽ばたこうとする姿が羨ましくて、妬ましくて、素直におめでとうと言葉をかけることさえできなかったんだ。

こうしてアルバイト情報誌がなによりの愛読誌となる日々が始まった。居酒屋の店員、深夜工事現場での交通誘導員。設備会社の穴掘りに荷物の集配場での深夜の仕分け作業。チラシのポスティングもやったし、街角のティッシュ配りもやった。そんなときだった、一度君を新宿の街角で見かけたことがあったよ。スーツ姿で横断歩道を渡る君は、すっかりと仕事が板に付いていて、手には大きな紙の筒を抱えていたよ。あれはなにかの企画書か、設計図だったのかな。僕はうつむき、君の視界に入らぬことばかりを祈っていた。もっとも……君は隣にいる上司らしき男性との会話に夢中で、僕のことなど気づきもしなかったけれど。

卒業して一年ほど過ぎ、ようやく出版社から仕事を請け負う制作会社に就職することができた。けれど、それで人生の輝かしい幕が開いたわけではなかった。勤めはじめてわずか半年で会社が倒産。さらに三ヵ月かかってようやく潜り込んだ弱小出版社は、最初の半年はアルバイトでこき使われ、さて来月から正規の社員になれるというときに、首を言い渡されてしまった。なんのことはない、その繰り返しで人件費を安く抑えるのが、その会社の常套手段だったんだ。

それからいくつかの仕事場を転々として、二十五歳を境にフリーランスのライターになった。出版社に企画を持ち込み、それが通ればページいくらで仕事を請け負うんだ。中には露骨に「バックマージンを寄越すなら、企画を通してやろう」といってのけた編集者もいたな。それでも仕事は少しずつ増えてゆき、ようやく人並みの収入を得ることができるようになった。悪夢は終わった。これからはまともな暮らしができる。そう信じていたんだ。

そんなときだった。僕は数人のライター仲間とカメラマン、それにグラフィックデザイナーの女の子と小さな制作会社を起こした。もちろん有限会社だったけれど。マンションの一室を借り、事務所にした。電話とファックス、それぞれの机が入った室内を見たときは、不覚にも涙が出そうになったほどだ。名目上の代表は僕。一番年上だったからね。名目上でもなんでもかまうものか。事務所名と《代表》の肩書きの入った名刺を手にした瞬間、僕は自分が人生の頂点に立ったことを確信したんだ。

そうそう。そのころには結婚もしたんだよ。うちにイラストを持ち込んでいた女性とね。式もろくに挙げなかったけれど、それでも十分に幸せだった。二人分の収入を合わせれば、近い将来、郊外にマンションくらいは買えるだろう、なんて話もしたな。

けれど。やっぱり僕は落伍者の運命のみをむさぼる駄目な人間だった。

ある日のことだ。経理を任せていたライターとデザイナーの女の子が、独立したいと言い出したんだ。寂しいことではあったけれど、いつまでも事務所に縛り付けておくわけにはいかない。快く独立してもらったんだが、その後が大変だった。二人は帳簿を操作して、事務所の経理に大きな穴をあけていたんだ。おまけにうちが請け負っていた出版社の仕事を、根こそぎ新事務所にもって行ってしまった。さらに悪いことに、うちで使っていたライターが仕事上の不始末をしでかしてしまってね、それまで営々と築き上げてきた事務所の信用は、完全に失墜してしまった。

まもなく事務所は解散。手元には少なからぬ借財のみが残ったんだ。

絶望、絶望、絶望、絶望、絶望、絶望。

なんでこんな事ばかり起こるのだろう。

怨嗟、怨嗟、怨嗟、怨嗟、怨嗟、怨嗟、怨嗟。

僕はいったいどうなってしまうのだろう。

生活は当然のように荒れ、互いをいたわる方法をいつしか見失って、失意のうちに妻とも離婚した。

それから先は、食べてゆくためにあらゆるライター仕事に手を染めた。まるで糞のような提灯記事も書き捨てたよ。

けれど不思議なものだね、どうしようもない記事を書き殴りながら、僕の中に徐々によみがえってくるのは、君の顔だった。君に会いたかった。会って話をしたかった。あの楽しかった毎日を懐かしんでみたかったんだ。

その思いだけが、僕に一本の物語を書かせてくれた。あんなくだらないデモになど参加さえしなければ、僕と君とが紡いだであろう、幸福な日々の物語を書かせてくれたんだよ。

長い長い沈黙の中で、土方洋一は、香坂有希江に向かって語り続けた。たぶん、現実の言葉にして語ることはないであろう、自らの年月を、土方は沈黙に変えて語り続けた。

「いろいろ……あったよ。ありすぎて思い出すのも億劫になるほどいろいろなことが」

「そうね、でも今は幸せなのでしょう」

「たぶん」

店の調理担当が続いて出してくれたのは、牡蠣のグラタンだった。「熱いから気をつけてください」と差し出された鉄鍋からは、香り豊かな湯気が立ちのぼっている。

「隠し味に味噌さ使っていますから、もしよかったら七味唐辛子をお好みでどうぞ」

といったのは、カウンターの端に立っている女性だ。

薄く色づいたホワイトソースを一口食べた有希江が、唐辛子の小瓶を取り上げ、二度、三度と振った。

「ずいぶんと辛いものが好きなんだね。前は辛口カレーだって苦手にしていたのに」

「十年経てば、舌の好みだって変わります」

「そうか、きっと旦那さんが辛い物好きなんだね」

「…………」

有希江がさらに唐辛子の小瓶を振った。

振りながら、ひどく小さな声で「知っていました」といった気がした。

3

わたし知っていました。あのデモに参加したあなたの身に、どのようなことが起きたのか、知っていたんです。だって、あなたが検挙された二日後に、わたしたちの部屋に公安部を名乗る人が二人、やってきたのですから。彼、土方が黙秘を続けているのは、本当はセクトのメンバーだからじゃないのか。でなければどうしてあんなにも強情に沈黙を守る必要があるのか。いずれにせよ土方はやがて起訴されるだろう。そうなれば我々公安は、彼を見逃すわけにはいかなくなる。彼は常時我々の監視下にはいることになるだろう。そうなれば、まともな就職などできようはずがないし、下手をすればあなたもまた、彼と懇意にしているというだけで、様々な障害に見舞われるかもしれない。

「彼とは少し距離を置いた方がいいだろうね」

公安の人の言葉は、どこかわたしに同情的でもありました。

でも、わたしは信じませんでした。あなたはただおかしな連中に巻き込まれただけだもの。もうすぐ四年に進級すれば、互いに就職活動に入ることになる。努力さえすれば、志望の業種に内定し、そして卒業。二人はやがて結婚する。そうした未来を疑いもしなかった。けれど、現実は違いました。

公安の人の予言は、恐ろしい精度をもって的中してしまいました。あなたが何通もの履歴書を企業に送り続け、そして皆不採用の通知をもらったのを目の当たりにして、わたし、恐ろしくなってしまったんです。そのころすでに、わたしはとある広告代理店から内定をもらっていました。

もしもそれが取り消しになったら！

わたし、本当に恐ろしかったんです。だからあなたに別れを切り出しました。たぶん二人をつないでいたであろう絆を、わたしは自ら断ち切ったんです。

そのときでした。

ああ、もしかしたらわたしは幸福になるかもしれないと、漠然と感じていたんです。ひどい女だと思うでしょうね。でも、本当なんです。学生時代、決して金銭的には恵まれなかった二人は、いろいろなものを分け合いましたね。お酒も食べ物も、時間さえも。そして誓いましたね。幸福も不幸も、こうやって分かち合おうと。

その約束を思い出したんです。本来二人で分かち合うべき不幸を、あなたが一人で背負い込んでくれたなら、わたしの手元には幸福のみが残ることになる。ねえ、あなただったらそれを許してくれるよね。わたしが幸福になることを、願ってくれますよね。

わたし、そう思いこむことで、あなたから逃げ出しました。本来二人で分け合わねばならないはずの不幸から、逃げ出したんです。

結局あなたは就職を決めることができず、アルバイト生活をしていると、友人が教えてくれました。

そんなあなたを一度だけ新宿で見かけたことがありました。確かティッシュを配っていましたね。わたし、思わず顔を背けそうになったんです。だって不摂生がよほどたたっているのか、あなたひどい顔色だった。それにひどく浮腫んでいましたね。まるで人生を投げ出した人のようで、わたし、怖くなってしまったんです。

ああ、この人はまた一つ、不幸を背負い込んでいる。そのとき、わたしの中に奇妙な思いが、ふと浮かんだのです。ちょうど、はじめての仕事を任された時期でもありました。あなたがまた、不幸を背負い込んでくれるのなら、わたしの手元にはまた幸福のみが残ることになる。わたしはどうしても仕事を成功させたかった。失敗したくなかったんです。だからお願い、あなたに不幸が集中しますように。

仕事……見事に成功しました。おかげでわたしは同期の社員から頭一つ抜け出すことができ、その翌年には主任になることができたんです。嬉しかったし、誇らしかった。大学時代の友人とはよく食事に出かけていましたが、わたしはいつだって羨望の的でした。

そんなときです、友人の一人があなたの近況を教えてくれました。せっかく入った小さな制作会社がすぐにつぶれ、今はまた無職だと。

あなたの不幸はいつだって、わたしの幸福の証でもありました。わたしは職場の先輩コピーライターとまもなく結婚。彼は二度目の結婚で、小学四年生の男の子がいましたが、わたしにはよくなついてくれました。元々才能を認められていた彼は、年間のベストコピーライターを選出する賞を受賞したのをきっかけに、会社から独立し、青山に個人事務所を開いたのです。初めのうちこそわたしと夫の二人だけで仕事をこなしていましたが、業務はきわめて順調で、やがて五人のスタッフを抱えるようにもなりました。

幸せでした。誰からもうらやましがられるほどに、わたしの生活は充実していました。良き妻であり、母であり、そして夫の仕事のパートナーでもあったのです。三つの役目をこなすのは大変だろうと、妬(ねた)み混じりにいう人もありましたが、そんな人の言葉は右から左に聞き流しておけば良かった。

ところが。

わたし、人づてにあなたが小さな事務所を開いたことを知りました。結婚されたことも。ああ良かった、ようやくあなたにも人並みの幸せを享受する日が訪れたのだなと、思いました。本当にそう思ったんです。最初のうちは。でも、同時に恐ろしいことに思い当たりました。わたしの幸せはあなたの不幸といつだって背中合わせ。じゃあ、あなたに訪れた幸せは、今度はわたしにもたらされる不幸を約束しているのではないか。

人は身勝手な生き物ですね。あなたが幸せになったからといって、わたしが不幸になるなんてばかばかしい。そんなことがあろうはずがない。わたしはそう思いこむことにしたのです。あなたの不幸はすべて、あなた自身がまいた種子から芽吹いた、黒い果実にすぎない。あなたとわたしの人生に、すでに接点などあり得ない。

けれどわたしの悪い予感は的中しました。まもなく小田原(おだわら)に独居する夫の母親が、脳梗塞(のうこうそく)で倒れ、介護が必要になったのです。住み慣れた東京を離れ、小田原に一家で移住することになった日のことを、わたしは今でも忘れることができません。国道一号線で多摩川を渡るとき、わたしは心からあなたの不幸を願いました。どうかあなたの事務所の経営がうまくいきませんように。再び人生の底辺で、もがき苦しんでくれますように。わたしはどうしようもない人間です。幸福に慣れきって、あなたのささやかな喜びさえも否定するような人間になっていたのです。

青山の事務所と小田原を往復する日々が始まりました。片道二時間半。電車を使っても車を使ってもたいした差はありません。わたしと夫は毎朝九時過ぎに家を出て昼前に事務所入り。午後七時には今度は事務所を出て、小田原に帰る毎日が続いたのです。

一つだけ言い訳をさせてください。

小田原に転居した当初こそ、わたしは一刻も早く東京に帰ることを望み続けていました。それはあなたの不幸を願う日々でもあったのです。でも、事務所のメンバーはわたしたち夫婦を補佐して確実に仕事をこなしてくれました。より短い時間で効率よく事務処理を進めるなど、わたしたちの遠距離通勤を助けてくれたのです。息子も介護や家事をよく手伝ってくれました。ある意味で、小田原転居はわたしたちと事務所スタッフ、息子との親子関係をいっそう円滑に、そして強固なものにしてくれたのです。

いつの間にかわたしは、あなたのことを忘れかけていました。忙しいなりに充実した、幸福な日々が数年続きました。

「土方のこと知ってる？　あいつ小さな事務所を開いていたんだけど、結構な負債を抱えたあげくに閉めちゃったって。おまけに夫婦は離婚。土方もつくづく運のない男だよねえ」

大学時代の友人が、電話で教えてくれました。

ちょうど、長引く義母の介護に疲れ、夫婦間に小さな波風が立ち始めた頃のことでした。中学生の息子は受験を目の前にしていますから、なるべくもめ事にはしたくない。けれど現実には介護のほとんどはわたしに任せきりの状態です。どうしても苛立ちが募ります。しばらくは事務所の仕事を控え、介護に専念するしかないと、心に決めかけていたときに、友人から電話をもらったのです。

正直いって、期待しました。

あなたの不幸がわたしの幸福となることを祈りました。

まもなく義母が息を引き取ったときは、神とあなたに、ただただ……感謝しました。

小田原の家土地を売却したお金にこれまでの貯蓄を足し、青山のすぐ近くにマンションを購入しました。事務所から徒歩で十分ばかりのところです。簡単に双方を往復できますから、それまでは息子に不自由をかけていた食事の支度も、心配はいりません。夫も自宅で夕飯を済ませ、再び事務所に戻ることも、珍しくなくなりました。

もう、この幸福を壊す要素はどこにもない。絶対に壊してなるものかと、わたしも夫も必死にがんばりました。

そして一年前です。

新聞の記事で、あなたがある文学賞を受賞した記事を目にしました。

それはわたしの身に降りかかるであろう不幸を、予言する記事でもありました。

4

工藤が二人の客に出した三品目の小鉢は、これまでとはうってかわった河豚(ふぐ)皮の煮こごりだった。燗酒に煮物、和風グラタンと続いて熱さに慣れた舌を、よく冷えた煮こごりで休めるもくろみだろうと、日浦は理解した。

「あっ、味は十分についていますよ」

別添えの分葱(わけぎ)ともみじおろしを残らず小鉢に入れ、さらにその上に醤油をかけようとする香坂有希江に言葉をかけたが、その手は醤油差しを離さなかった。

「少し、味覚が鈍くなっているので」

「……はあ」

女性には、どうしても味覚が鈍くなる時期がある。そうしたことは妻の夕海から聞いたこともあるが、なぜか釈然としないものが残った。せっかく工藤が作った料理を、無神経に壊されるようで、少しばかり感情が乱されたのかもしれなかった。

「あなたの小説、読みました。とても面白かった」

「少し照れくさいね」

土方と有希江が時折交わすごく短い会話には、その裏側にすさまじいばかりの思いの丈と無数の言葉が秘められているようだ。十年の月日は決して短くはない。けれどそれを遠い昔の出来事だと、言い切ってしまうには思い出はあまりに生々しすぎる。互いの胸の中には十年前のそれぞれの姿がはっきりと残っているはずだし、同時に二度と取り戻すことのできない過去であることも実感していることだろう。これが二十年後、三十年後の再会ならば、人はもっと静かな気持ちで諦観できるに違いない。その意味では十年は、もしかしたら残酷な月日の積み重ねではないか。

日浦は二人の客を見ながら、そんなことを思った。

「子供は？」

「高校生の息子が、一人」

「だって、君はまだ……」

「年があわないといいたいのでしょう。夫の連れ子なの」

「そりゃあ、大変だ」

「特に難しい年頃だから」

そういった有希江の表情が、わずかに曇った気がした。

日浦は店の時計を眺め、そして夕海に視線を送った。夕海が小さく、うなずいた。

本来ならば、とうに店じまいの時間を過ぎている。しかし今夜は、二人の客にとことんつきあうつもりでいた。気になるのは、先ほどから一言も言葉を発しない工藤のことだった。駅前のホテルに部屋を取ってあるというが、門限があるのかもしれなかった。あとは夕海と二人でなんとかするから、あがってくださいといおうとすると、工藤が静かに首を横に振った。気にするなということなのか、それともなにもいうなということなのか。その表情がいつになく硬く、引き締めた唇からはなんの意思も読みとることができなかった。

「ちょっとトイレを借ります」と、土方がいった。なぜか不自然にタイミングを合わせるように、有希江が、

「煙草はありますか」といい、普通の店ではおきそうにない、特殊な銘柄を指定し

た。トイレに立とうとした土方が、ほっと、唇だけで笑った。

「今でもその銘柄を吸っているんだ」

「幾度かやめようと思ったのだけれど、駄目ね」

仕方がないさといいながら、土方がトイレに消えた。

その銘柄ならば表の自動販売機にありますから買ってきますと、夕海がカウンターから出てゆくと、

「じゃあ、もう少し軽いものを一品、お願いできますか」

有希江が工藤に注文したのがほぼ同時。先ほどの煮こごりがまだ残っているというのにと、日浦はいぶかしく思った。先ほどからの会話による限り、一つの皿を互いに分け合い、それを食べ終えてから次の料理を注文するのが、彼らの流儀ではないのか。

「あの、軽いものをもう一品」

有希江は同じ言葉を繰り返したが、工藤は動かなかった。腕を組んだまま、

「わたしが厨房に消えたら、今度はマスターにはどのような注文をつけるおつもりですか」

謎めいた言葉に、香坂有希江は意外なほど激しい反応を見せた。

「カウンターの後ろ側の棚においてある、宮沢賢治の人形を取ってくれとでも、いうおつもりですか」

　有希江に、言葉はない。

「困るのです。わたしの作る料理に、調味料以外のものを入れられては」

「どういうことだい、工藤君」

日浦の問いに、工藤が困惑したような、それでいて怒りを抑えかねるような表情になった。

「手羽先と根菜の煮物は手羽先のダシですから、香辛料は胡椒で正解です。次のグラタンは隠し味に味噌を使っていますから」

「そうだね、夕海は七味唐辛子を勧めた」

「そして、煮こごりです。別添えの分葱ももみじおろしも、かなり多めに用意したというのに、この方は味も確認せずにすべて入れた。おまけに醬油の追加です。煮物への胡椒もそうです。七味唐辛子もそう。この方はいずれも香辛料をかなり多量に入れているのです」

　確かに工藤のいうとおりだが、

「でもそれは、味覚がちょっと鈍くなっている時期だから、と」

「女性には、そのような時期があることをわたしも聞き及んでいます。けれど、この方は自分の味覚に合わせたからといいながら、料理にほとんど手をつけられていないのですよ」

有希江を見ると、その上目遣いの目の奥に、なんともやりきれない憎悪のようなものが凝(こご)っている気がした。それは十年ぶりに懐かしい人と再会して、昔話と、その後二人が別れてからの年月を語り合う女性の目ではない。

「どういうことだね」といったのは、トイレから戻ってきた土方だった。ほぼ同じタイミングで夕海も表から戻ってきた。

「大量の香辛料を投入したのは、舌の感覚を少しずつ麻痺させるためでしょう。そして土方さんがトイレに立つタイミングに合わせて、夕海さんに煙草を買いにゆかせ、わたしを厨房に入るようにしむける」

「僕には棚の人形を見せてくれといって、背中を向けさせる」

「香坂有希江さん。あなた以外のすべての耳目が、この煮こごりから離れた瞬間をねらって、いったいあなたはなにをしようとしていたのですか。大量のもみじおろしと追加の醤油で、ほとんど味のわからなくなった料理に、別のなにを投入しようとしていたのですか」

「わたしはなにも……」

「そんなことはありません。あなたはなにかを料理に入れるタイミングを計っていました」

はじめて見る工藤の激しい口調に、香坂有希江はゆっくりとした手つきでセカンドバッグから小さな瓶を取り出した。うす緑色の液体が入っているようだ。

「液状の……睡眠導入剤。即効性はあるし強力だけれど、かなり苦いから」

「どうしてそんなものを、僕が口にする料理に」

とても信じられないと土方が続けた。

「あなたはこの店の帰りに泥酔して、どこかの場所で眠り込む。花巻の冬は厳しいから、そのまま凍死するでしょうね」

「君は自分のいっていることがわかっているのか。僕を殺すつもりだったのか。どうしてだ。どうして僕が君に殺されなきゃいけないんだ」

言い募る土方の困惑は、日浦と夕海の困惑でもあった。

十年の月日を経て、男はかつての恋人に会いに来た。約束だから。けれど女は約束を利用して、男を殺しにやってきたという。

どこでなにが狂ってしまったのだろう。

日浦が思うのは、そのことのみだった。

「どうして」という土方の執拗な問いかけに、香坂有希江がひどく聞き取りづらいか細い声で「わたしの幸せを守るため」と吐き捨てた。


東京に戻ってきた当初は、仕事も家庭も順調そのものでした。でもあの日以来、そうです、あなたが文学賞を受賞して以来、わたしの周りで少しずつ歯車が狂い始めたのです。最初に違和感を覚えたのが、事務所内の空気の微妙な変化でした。それまで家族同様にわたしたち夫婦を支えてくれたスタッフの様子が、どこかよそよそしいのです。はじめは微かな齟齬を感じていただけでしたが、数ヵ月もすると、事務所内の空気が明らかに刺々しいものになっていました。

同じ空気が家庭内にも漂い始めたのです。あれほど優しく、わたしになついてくれていた息子が、徐々にわたしを避けるようになってきました。なにを話しかけても生返事ばかりです。その表情が「うるさいなあ」といっていることは間違いありません。そのうちに、ついに友達の家で勉強をするからといって、夜遊びをするようになりました。これまでそんなことは一度としてなかったのに。

ちょうど、あなたの作品がベストセラーになった頃でした。

あなたは次の作品も大ヒットし、たびたびマスコミにも登場するようになりました。それにつれて、わたしの周囲はますますおかしくなっていったのです。

事務所のチーフ的な存在であるスタッフが、突然退社を申し出ました。夫の片腕ともいうべき男性でした。その彼を追いかけるように二人が退社。三人分の穴を埋めるために、徹夜が続くこともありました。ただ一つの救いは、自宅がすぐ近くにあることでしたが、わたしたち夫婦と事務所スタッフの関係は、日々確実に険悪化していったのです。

そして、あなたの作品が映画化されるというニュースを見てまもなくのことです。主人が、近くのスナックの女性従業員と浮気をしていることが発覚しました。息子は深夜のゲームセンターで煙草を吸っているところを見つかって補導されました。

仕事も家庭も、崩壊寸前です。

あなたが幸せになるたびに、わたしは不幸になってゆく。あなたはこれまで味わった不幸を、すべてわたしに負わせようとしている。

これ以上あなたを幸せにしておくことはできません。お願いだから、どうかお願いだからこれ以上幸せにならないで。けれどあなたは今や時の寵児です。わたしだって広告の世界に長く携わっている人間の一人ですもの。寵児と呼ばれる人々は時代そのものを味方につけてしまう。容易に凋落することなどあり得ないことを……たとえ窮地に立たされても信じられない強運を発揮してそこからはい上がってしまう、そんな例をいくつも見ています。もうあなたの勢いを止めることは誰にもできないでしょう。

そんなとき思い出しました、わたし。十年後の今日、花巻のこの店で会うという約束を。だったら機会は今日しかない。そしてあなたの勢いを止める方法も一つしかない。

卒業してからの十年の間に起きたこと、そして土方が奇跡のデビューを果たしてから我が身に起きたことをすべて話し終えた有希江は、

「あなたは必ずやってくる。だってそうでしょう。時代の寵児となったあなたは、わたしに、いえ、誰に対しても優越感を持って接することができるじゃありませんか。長い不遇の時を経て、ようやく日の当たる場所に出てきたあなたは、わたしに得意満面の笑顔を見せるためにやってくる」

抑揚のない、けれど十分すぎる憎悪を秘めた言葉で告白を終えた。

「そんな馬鹿なことがあるものか」

「でも、現実にあなたとわたしの幸福と不幸は、いつだって背中合わせでした」

「偶然だ。そんなくだらないオカルティズムを信じて、君は僕を殺そうとしたのか」

「偶然じゃありません、必然です」

「偶然に決まっている」

先ほどまでの柔らかな、そして失われた時間を懐かしむ空気はすでにない。互いの嫌悪感を主張し合う醜い男女の姿があるのみだ。偶然だ、偶然じゃないと同じ言葉が繰り返されるうちに、日浦はふと腐敗臭のようなものをかぎ取った気がした。腐っているのは香坂有希江か、それとも土方洋一か。双方を眺め、そろそろこの醜悪なやりとりに決着をつけさせねばと心を決めたとき、

「オカルトは浅学者の宝物、といいますが」

工藤が二人の間に静かに割って入った。

「なにがいいたいの」と、有希江の口調は、どこまでも頑なで苦しげだ。

「二人の男女がいて、片方は幸福のパイのみを食べ続け、そしてもう一方は不幸のパイのみを食べ続ける。そんなことが可能かどうかは論議すべき問題ではないでしょう。それを信じたければ止めはしませんが、少なくとも常人の発想ではない」

「でも現実に」

「人の不幸には必ず種子があります。あなたは家庭の崩壊や仕事の不調の種子を、十年前の恋人であった土方氏に求めるべきではありませんでした」

じゃあ、どうすればいいというのか。事務所の空気は最悪でいつ誰がやめてもおかしくはない。そうなれば多くのクライアントを裏切ることになるし、そんな不始末をしでかすものを、笑って許してくれるほど甘い世界ではない。

有希江の言葉は叫びというよりは悲鳴に近かった。

「もしかしたら、崩壊の種子は小田原から東京に戻ってきたことにあったのではありませんか」

「どうして？」

「おまけにあなたとご主人は仕事場のすぐ近くにマンションを買われたという」

「その方が便利じゃないの」

「便利すぎると、不都合な場合もあると思われます。あなたのご主人は、ずいぶんと優秀な人物とお見受けします」

日浦も同じ事を考えていた。若くして独立して自分の事務所を持ち、そして日本経済そのものがシステムダウンしつつあるという時代に、仕事を減らすことなく発展させていることからも明らかだ。

「けれどその分……優秀な分、ずいぶんと個性的な人物ではありませんか」

「そりゃあ、柔らかいだけでは生き残れない世界ですから」

「仕事に対して妥協はいっさいない？」

「仕事が好きで好きでたまらない人です。それが信用につながるんです」

「そうでしょうね。けれど下にいる人間は、ずいぶんとつらい思いをしているかもしれません。それでもお二人が小田原から通勤している時分は良かった。片道二時間半。往復で五時間かかったそうですね。そのためにお二人が仕事場に出勤されるのはお昼前後。夕方七時になると、退社されていたとか。事務所のスタッフにとっては、そのことがなによりの息抜きになっていたとは思いませんか」

日浦はタクシーの運転手をしていた頃の、所長の顔を思い出していた。まじめ一本、決して間違ったことはいわない。仕事にも厳格なルールを求める男だったが、彼のいうことに一分の間違いもないことが、周囲に疎(うと)まれた。所長が規程の休暇を取ったときなど、仕事場にはなんともいえない安堵の空気が漂ったものだ。

「社長夫妻は自宅がすぐ近くにあるからいい。自由に自宅で食事を取って、また仕事場に戻ってくればよいのですから。しかしスタッフは違います。それまではおのおの自己裁量で仕事を切り上げていたのが、そうもいかなくなりました。社長夫妻が仕事場に戻ってくるのに、自分たちだけ切り上げるわけにはいきませんからね」

「そして少しずつ少しずつ、フラストレーションとストレスが、澱のようにたまってきた」

「しかも、いつか解消されるタイプのストレスではありません。この事務所にいる限り、永遠に感じ続けなければならないストレスです」

工藤の言葉に、有希江も徐々に態度と表情を軟化させはじめた。

「じゃあ、彼女の息子が急に生活態度が悪くなったのは」

やや落ち着いた声で問いかけたのは土方だった。

「急に悪くなったのではありません。小田原はさほど小さな町ではありませんから、そこにいた頃からすでに夜遊びの習慣があったのではないでしょうか」

「なるほど、両親が家に帰ってくるのは午後十時近くだ。ところが東京に戻ったとたんに、それができなくなった。ましてや仕事場がすぐ近くにあって、いつ何時、ふいに戻ってくるやもしれないとなると、家で良くない遊びにふけることもできない、か」

ましてやなさぬ仲の親子であればという言葉は、残酷すぎて日浦には口にすることができなかった。

そうなると有希江の夫の浮気の種子も、同じところに生じたといえるだろう。もともと広告の業界は派手であると耳にしたことがある。誘惑も多いに違いない。それを抑制していたのは、やはり往復に五時間かかるという自宅の立地条件だったのだ。手枷足枷が失われたことが原因で、夫にも遊ぶ時間的余裕ができてしまった。もちろん、仕事の面で優秀な能力を有した夫は、同時に経済的な成功者でもある。そうした社会的地位と経済的な余力こそが、男の魅力であると信じる女性は少なくない。誘惑という可能性が限りなく高い数値にまで押し上げられ、結果として彼は臨界点を一歩踏み出してしまった。

「そんな……ことって」とつぶやく有希江の目は、どこにも焦点が合ってはおらず、眼球は鈍い光を放つ水晶玉にでもなったようだ。

「僕は……僕はただ君に会いたかった。君に堂々と会える人間になりたかった。本当なら二人にはもっと違う人生が待っていたはずなのにと、ちょっとだけ苦い酒を飲みたかったんだ。それなのにどうして君は」

土方の言葉によって、皮肉な寸劇の幕が下ろされた。

二人の客が帰った後、どうしても気持ちの整理がつかない日浦は、冷蔵庫のビールを持ち出し、工藤に勧めた。

「そうですね、なんともやりきれない幕切れでしたから」

珍しく工藤が、グラスのビールを一息に飲み干した。

「あのねえ、工藤、工藤さん」と、話しかけたのは夕海である。

「実は、僕も一つ気になることがあんだな」

二人して顔を見合わせ、そしてうなずいた。

「いえ、それについては、わたしの口からお答えすることはできません。あくまでも憶測ですし、それに……」

ただの一言も口にしてはいない質問に、工藤は言下に回答を拒絶した。

——それに……人の悪意をそこまで認めたくはない、ということか。

工藤哲也らしいと、日浦は思った。

香坂有希江が、きわめて特殊な考え方を持った人間であることは間違いない。普通は、人の不幸が自分の幸福の源であるなどとは、考えないものだ。だが、彼女はあくまでもその信念にこだわった。

こだわり抜こうとしたのである。たとえ殺人を犯してでも、だ。

そのような人間は、時としてとんでもない発想の飛躍をしてしまうものではないか。

　夕海と日浦が聞きたかったのは、そこだ。

　約十年にわたって不幸な日々を過ごした土方洋一だが、彼にも幸福と呼べる時期があったのである。仲間と有限会社を設立し、代表に収まっていた日々だ。結婚もした。ほぼ時期を同じくして香坂有希江は、小田原に転居という不幸に見舞われている。しかも寝たきりの姑の看護という、過酷な作業まで背負い込んで。

　これは土方が幸福になったせいだと考えた彼女は、果たして彼の不幸を願っただけで済ませただろうか。

　広告と雑誌のライターがかなり近しい仕事関係であることは、日浦にもわかる。しかも有希江の夫は優秀な広告マンだ。弱小制作会社の内情に裏から手を回して、これをつぶすことは十分に可能ではなかったか。あるいは内部の人間に裏の知恵を授けることが、できたかもしれない。結果として土方は再び不幸のどん底に突き落とされる。

　――だが、本当に怖いのはそれからだ。

　有希江の信念は、もっとねじ曲がった方向に進みはしなかったか。

　計画通り土方は不幸になった。となると今度はわたしが幸福になる番だ。幸福になるためには、どうしても小田原を出たい。が、姑がいる限り、それは不可能だ。法則に従えばわたしは、幸福にならねばならない。でなければ、土方に申し訳ないではないか。

——その気持ちの延長線上に、姑の死があるとしたら。

日浦の気持ちを察してか、工藤が黙って首を横に振った。

そちらの領域に足を踏み入れてはならない。それは安易に語るべき話でもない。

日浦と夕海は、同時に大きくうなずいた。

解説

―香菜里屋というファンタジー―

中江有里

ある人の声に色を感じることがある。

もちろん個人的感覚だが、かつて見た舞台女優の声は思わず七色の声と喩(たと)えたくなった。

その女優の声は、まるで楽器の多重演奏をひとりで奏(かな)でているみたいだった。

小説にも同じことがある。

これも読み手の感覚でしかないが、北森鴻の小説には色彩がある。

文章は二次元なのに、本書を読んでいくにつれ、頭に浮かぶ情景に色がついていった。線で描かれた画が立体的に立ち上がっていくよう。

もちろん描写の的確さが想像力を掻(か)き立(た)てる部分はあるが、舞台となるビアバー香菜里屋の雰囲気が素晴らしいこともある。

「自分の影法師を探すために、この店に来ているような気がする」

香菜里屋の常連客のひとりがそう言った。「自分の影法師」という言葉に、決して自分では見られない後姿が浮かんだ。

家でも職場でもない第三の居場所、そんな香菜里屋は、妙に落ち着かない時、迷っている時、悲しい時、そして嬉しい時、どんな心境で訪ねても、店主・工藤が心地よく客を迎えてくれる。

十人ほどの客がやっと入れるL字形のカウンター、二人用の小卓二つ。間接照明で照らされる店内は決して広くない……。

実は私の実家は母が長年飲食店を経営していて、香菜里屋と似たような作りだった。この距離感でしょっちゅう顔を合わせる客同士が、身内のように仲良くなっていったのも同じだ。

香菜里屋で育まれた人間関係がいくつもあらわれる。

本書に収められた五編の一作目「十五周年」では常連客の北と東山のそばにいる日浦が主人公。

十年以上音沙汰のなかった田舎の知人から結婚式に呼ばれたことを不審に思う東山

と、東山の気持ちがわからない北。その会話を聞いている日浦は、故郷・花巻でなじみだった小料理屋千石の十五周年記念パーティに招待されたことを思い返す。

誰かの記憶が聞いているものの記憶を呼び起こすことがあるが、記憶の底に沈む違和感もまた浮上してくる。

その違和感の正体を導き出すのが工藤だ。ワインレッドのエプロンに縫い取られたヨークシャテリアに似た柔和な顔立ちの店主。

工藤は客たちの持ち込んだ謎を安楽椅子探偵よろしく、店に居ながらにして卓越した観察力と想像力を働かせ、真実へと導いていく。

パーティ後、浮かび上がった謎の調査のためにタクシー会社を退職した日浦は、最終的に故郷へ戻ることにする。送り出す工藤はワイングラスを二つ用意し、ともにグラスを傾ける。ワインの種類は記されていないが、深いボルドー色が揺らめいて浮かんだ。

工藤は料理の腕も確かだ。香菜里屋の客は工藤にすすめられたメニューは黙って受け入れる。そしてそのどれも裏切らない味だという。味覚は生まれ育ちが影響するし、好みも分かれるので誰もが納得する味を作るのは簡単ではない。そういう意味で工藤は客の好みを察知する才能がある。

工藤の作る一品が謎を紐解く重要なヒントとなる表題作「桜宵」では、亡き妻が手紙に書き残した「最後のプレゼント」を受け取るため香菜里屋を訪れた警察官の神崎。そこで出された紅色に染まった飯。妻が作った薄い緑色の茶飯と同じ味がする紅色のそれを「最後のプレゼント」と理解して、感傷に浸っていた。

しかし本当の料理名を知らされると、妻の最後のプレゼントの意味は反転する。人を探る側には、隙ができる。ボクシングで攻めすぎればガードが甘くなるように。警察官の神崎であっても、絶対に知られてはならないことが妻に知られていたとわかって愕然とする。

妻を裏切った自分への意趣返しだと神崎は悔やむが、彼が想像もしなかった亡き妻の思いは工藤の力を借りて明かされる。

春の宵の冷えた空気はかすかに桃色に染まって漂うようだ。

「犬のお告げ」では永すぎる春の只中にいる修と美野里が登場する。業績不振から修の勤め先ではリストラが加速しており、人事部の上司が開く「悪夢のリストランテ」と呼ばれるホームパーティに呼ばれた社員は、リストラ候補だとささやかれていた。

来たる来週のパーティに呼ばれた修は、美野里とともに訪れた香菜里屋で、リストラ対象者の絞り込み方法の不思議について話すと、叔父の東山と工藤は耳を傾けた。

自らの落ち度、不可抗力、運のなさ……リストラされる側は、原因は自分にあると追い込まれる。

リストラをする側はあらゆる手を使って、不必要と判断したものを排除する。しかしあまりに非道なやり口を「歪んでいる」と工藤は称した。

リストラを免れた修と美野里の結婚を祝って、工藤がシャンパンを開けた。細かい透明な色の泡が空を立ち上っていくみたいに美しい。

「旅人の真実」では、「金色のカクテル」を所望する謎の男が登場する。初めてのバーに出向いて、思う品がないと知るとこう言い捨てる。

「なんだ、バーといっても名ばかりか」

思わず息が詰まる。時々SNSを通じて、いきなり傷つけていく人がいる。

特に意図もなく書いた文章に、嫌味なコメントを残していく人の対処に困っていたら、知人がこう教えてくれた。

「わざと嫌なことを言って、印象を残そうとしているだけ」

そんなやり方をしてまでも印象を残したいのか、と驚いたが、考えてみたら「炎上」と呼ばれる過激だったり、極端な発言も元を辿れば同じかもしれない。

香菜里屋にやってきた男を、別のバーで見たことを七緒は思い出す。常連の中でこの男の話題が上がらないわけがなく、ライターの七緒は「人の心をささくれだたせる」言葉を残して去った男の素性を追うことになるが……。

本話で出てくる土瓶蒸しの話は興味深い。料理は食材と調味料などのハーモニーだと思っていたが、工藤に言わせると土瓶蒸しは松茸を素材にした最高の調理法ではあるけど、それだけではないらしい。

「鱧という素材の旨味がなければ成立しない料理法ともいえるのです。言い方を変えると、松茸は鱧の旨味に依存しているのかもしれません」

世の中で十分認められた人が、誰かを愛するあまりにその相手に依存してしまう。人においてはそんなことが起こる。

人の心をささくれだたせる言葉で印象付ける、というのも歪んだ愛情だ。

グラスを真上からのぞき込むと、そこには金色のカクテルが存在する。美しくも恐ろしい色だと初めて感じた。

本書のラスト「約束」は一話で故郷の花巻へ戻った日浦とその妻が切り盛りする小料理屋千石に舞台を移す。たまのやすみに千石を訪ねた工藤は、店の混雑具合に急きょ出張料理人となって腕を振るうことに。そこにやってきた女性客が待っていたのは、作家の土方。その会話から二人が十年ぶりの再会をこの店で果たしたことがわかる。

かつて恋人同士だった二人は、なぜ別れてしまったのか。読者にだけ事情が明かされる。結末に近づくにつれ、冷たいもので背中を逆なでされたような気持ち悪さを覚えた。

読後、グレーの風が吹き付ける殺伐とした世界に取り残された気分だった。

誰も幸せの分量は決まっているらしい。幸せ半分、不幸せ半分。でも不幸せの方が辛く苦しいからより重く感じるし、逆に幸せな時はそうと気づかない。病気になって健康のありがたみを知るように。

人を巣くう妬(ねた)みや嫉(そね)みという感情はあまりに盲目的で、視界を狭くしてしまう。ましてや人の不幸が自分の幸福の源であるなんて、あまりに極端な発想だが、たとえば前話に登場する「バーといっても名ばかりか」という言葉にも「呪い」がある。人を縛り、萎縮させ、ダメージを与える「呪い」の言葉はたぶんどこにでもある。

いったい人の幸福とは、どこから生まれてくるのだろう。

でも誰もが幸せを望んでいる。その幸せを形にしたのが香菜里屋だ。

気のいい常連客、美味(おい)しいビール、どこにもない逸品料理。現実にあったならどんなにいいだろう。それともまだ見つけられていないだけだろうか。

実は下戸(げこ)の私は酒場に縁がない。だけど酔うのに必要なのは、何もお酒だけじゃない。

気の合う人や料理、会話、雰囲気、鋭すぎる店主……それらがすべてそろった香菜里屋は表紙を開けばたいてい開店している。

いつだって足を運べるなじみの店があるのは、幸せだ。

この作品は二〇〇六年四月、小社より文庫として刊行されたものの新装版です。

本文中のカクテルについては、
川崎市・JR南武線武蔵溝ノ口駅　BAR時代屋
　渡辺二朗バーマン
目黒区・東急田園都市線池尻大橋駅　BAR翁
　岩野千春バーマン
お二人にレシピを考案していただきました。
この場を借りて、お礼を申しあげます。

著　者

|著者| 北森 鴻 1961年山口県生まれ。駒澤大学文学部歴史学科卒業。'95年『狂乱廿四孝』で第6回鮎川哲也賞を受賞しデビュー。'99年『花の下にて春死なむ』で第52回日本推理作家協会賞短編および連作短編集部門を受賞した。他の著書に、本書と『花の下にて春死なむ』『螢坂』『香菜里屋を知っていますか』の〈香菜里屋〉シリーズ、骨董を舞台にした〈旗師・冬狐堂〉シリーズ、民俗学をテーマとした〈蓮丈那智フィールドファイル〉シリーズなど多数。2010年1月逝去。

桜宵(さくらよい) 香菜里屋(かなりや)シリーズ2〈新装版(しんそうばん)〉

北森(きたもり) 鴻(こう)

講談社文庫

定価はカバーに
表示してあります

2021年3月12日第1刷発行

発行者――渡瀬昌彦

発行所――株式会社 講談社

東京都文京区音羽2-12-21 〒112-8001

電話 出版 (03) 5395-3510
販売 (03) 5395-5817
業務 (03) 5395-3615

Printed in Japan

デザイン―菊地信義

本文データ制作―講談社デジタル製作

印刷―――豊国印刷株式会社

製本―――株式会社国宝社

ISBN978-4-06-520808-3

講談社文庫刊行の辞

二十一世紀の到来を目睫に望みながら、われわれはいま、人類史上かつて例を見ない巨大な転換期をむかえようとしている。

世界も、日本も、激動の予兆に対する期待とおののきを内に蔵して、未知の時代に歩み入ろうとしている。このときにあたり、創業の人野間清治の「ナショナル・エデュケイター」への志を現代に甦らせようと意図して、われわれはここに古今の文芸作品はいうまでもなく、ひろく人文・社会・自然の諸科学から東西の名著を網羅する、新しい綜合文庫の発刊を決意した。

激動の転換期はまた断絶の時代である。われわれは戦後二十五年間の出版文化のありかたへの深い反省をこめて、この断絶の時代にあえて人間的な持続を求めようとする。いたずらに浮薄な商業主義のあだ花を追い求めることなく、長期にわたって良書に生命をあたえようとつとめるところにしか、今後の出版文化の真の繁栄はあり得ないと信じるからである。

同時にわれわれはこの綜合文庫の刊行を通じて、人文・社会・自然の諸科学が、結局人間の学にほかならないことを立証しようと願っている。かつて知識とは、「汝自身を知る」ことにつきていた。現代社会の瑣末な情報の氾濫のなかから、力強い知識の源泉を掘り起し、技術文明のただなかに、生きた人間の姿を復活させること。それこそわれわれの切なる希求である。

われわれは権威に盲従せず、俗流に媚びることなく、渾然一体となって日本の「草の根」をかたちづくる若く新しい世代の人々に、心をこめてこの新しい綜合文庫をおくり届けたい。それは知識の泉であるとともに感受性のふるさとであり、もっとも有機的に組織され、社会に開かれた万人のための大学をめざしている。大方の支援と協力を衷心より切望してやまない。

一九七一年七月

野間省一

柄谷行人

柄谷行人対話篇Ⅰ 1970－83

デビュー以来、様々な領域で対話を繰り返し、思考を深化させた柄谷行人の対談集。第一弾は、吉本隆明、中村雄二郎、安岡章太郎、寺山修司、丸山圭三郎、森敦、中沢新一。

かB18
978-4-06-522856-2

柄谷行人・浅田 彰

柄谷行人浅田彰全対話

二〇世紀末、日本を代表する知性が思想、歴史、政治、経済、共同体、表現などの諸問題を自在に論じた記録――現代のさらなる混迷を予見した、奇跡の対話六篇。

かB17
978-4-06-517527-9

講談社文庫　目録

京極夏彦　文庫版 邪魅の雫
京極夏彦　文庫版 今昔百鬼拾遺―月
京極夏彦　文庫版 死ねばいいのに
京極夏彦　文庫版 ルー＝ガルー〈忌避すべき狼〉
京極夏彦　文庫版 ルー＝ガルー2〈インクブス×スクブス 相容れぬ夢魔〉
京極夏彦　分冊文庫版 姑獲鳥の夏 (上)(下)
京極夏彦　分冊文庫版 魍魎の匣 (上)(中)(下)
京極夏彦　分冊文庫版 狂骨の夢 (上)(中)(下)
京極夏彦　分冊文庫版 鉄鼠の檻 全四巻
京極夏彦　分冊文庫版 絡新婦の理 (一)(二)
京極夏彦　分冊文庫版 絡新婦の理 (三)(四)
京極夏彦　分冊文庫版 塗仏の宴 宴の支度 (上)(中)(下)
京極夏彦　分冊文庫版 塗仏の宴 宴の始末 (上)(中)(下)
京極夏彦　分冊文庫版 陰摩羅鬼の瑕 (上)(中)(下)
京極夏彦　分冊文庫版 邪魅の雫 (上)(中)(下)
京極夏彦　分冊文庫版 ルー＝ガルー〈忌避すべき狼〉(上)(下)
京極夏彦　分冊文庫版 ルー＝ガルー2〈インクブス×スクブス 相容れぬ夢魔〉(上)(下)
北森　鴻　花の下にて春死なむ
北森　鴻　香菜里屋を知っていますか

北森　鴻　親不孝通りラプソディー
北村　薫　盤上の敵
北村　薫　野球の国のアリス
木内一裕　藁の楯
木内一裕　水の中の犬
木内一裕　アウト&アウト
木内一裕　キッド
木内一裕　デッドボール
木内一裕　神様の贈り物
木内一裕　喧嘩猿
木内一裕　バードドッグ
木内一裕　不愉快犯
木内一裕　嘘ですけど、なにか？
木内一裕　ドッグレース
北山猛邦　『クロック城』殺人事件
北山猛邦　『瑠璃城』殺人事件
北山猛邦　『アリス・ミラー城』殺人事件
北山猛邦　『ギロチン城』殺人事件
北山猛邦　私たちが星座を盗んだ理由

北　康利　白洲次郎 占領を背負った男 (上)(下)
北　康利　福沢諭吉 国を支えて国を頼らず (上)(下)
貴志祐介　新世界より (上)(中)(下)
北原みのり　木嶋佳苗100日裁判傍聴記〈佐藤優対談収録完全版〉
岸本佐知子 編訳　変愛小説集
岸本佐知子 編　変愛小説集 日本作家編
木原浩勝　文庫版 現世怪談(一) 主人の帰り
木原浩勝　文庫版 現世怪談(二) 白刃の盾
木原浩勝　増補改訂版 もう一つの「バルス」〈―宮崎駿と『天空の城ラピュタ』の時代―〉
喜国雅彦・国樹由香　メフィストの漫画
喜国雅彦・国樹由香　本格力〈本棚探偵のミステリ・ブックガイド〉
清武英利　石つぶて〈警視庁 二課刑事の残したもの〉
清武英利　しんがり〈山一證券 最後の12人〉
清武英利　トッカイ〈不良債権特別回収部〉
喜多喜久　ビギナーズ・ラボ
黒岩重吾　新装版 古代史への旅
栗本　薫　新装版 絃の聖域
栗本　薫　新装版 ぼくらの時代
黒柳徹子　窓ぎわのトットちゃん 新組版

講談社文庫 目録

五味太郎　大人問題
鴻上尚史　あなたの魅力を演出するちょっとしたヒント
鴻上尚史　鴻上尚史の俳優入門
鴻上尚史　青空に飛ぶ
小泉武夫　納豆の快楽
近藤史人　藤田嗣治「異邦人」の生涯
小前　亮　趙匡胤〈宋の太祖〉
小前　亮　賢帝と逆臣と〈康熙帝と三藩の乱〉
小前　亮　始皇帝の永遠〈天下一統〉
香月日輪　妖怪アパートの幽雅な日常①
香月日輪　妖怪アパートの幽雅な日常②
香月日輪　妖怪アパートの幽雅な日常③
香月日輪　妖怪アパートの幽雅な日常④
香月日輪　妖怪アパートの幽雅な日常⑤
香月日輪　妖怪アパートの幽雅な日常⑥
香月日輪　妖怪アパートの幽雅な日常⑦
香月日輪　妖怪アパートの幽雅な日常⑧
香月日輪　妖怪アパートの幽雅な日常⑨
香月日輪　妖怪アパートの幽雅な日常⑩

香月日輪　妖怪アパートの幽雅な食卓〈るり子さんのお料理日記〉
香月日輪　妖怪アパートの幽雅な人々〈妖アパミニガイド〉
香月日輪　妖怪アパートの幽雅な日常〈ラスベガス外伝〉
香月日輪　大江戸妖怪かわら版①〈異界より落ち来る者あり〉
香月日輪　大江戸妖怪かわら版②〈異界より落ち来る者あり　其之二〉
香月日輪　大江戸妖怪かわら版③〈封印の娘〉
香月日輪　大江戸妖怪かわら版④〈天空の竜宮城〉
香月日輪　大江戸妖怪かわら版⑤〈雀、大浪花に行く〉
香月日輪　大江戸妖怪かわら版⑥〈魔狼、月に吠える〉
香月日輪　大江戸妖怪かわら版⑦〈大江戸散歩〉
香月日輪　地獄堂霊界通信①
香月日輪　地獄堂霊界通信②
香月日輪　地獄堂霊界通信③
香月日輪　地獄堂霊界通信④
香月日輪　地獄堂霊界通信⑤
香月日輪　地獄堂霊界通信⑥
香月日輪　地獄堂霊界通信⑦
香月日輪　地獄堂霊界通信⑧
香月日輪　ファンム・アレース①

香月日輪　ファンム・アレース②
香月日輪　ファンム・アレース③
香月日輪　ファンム・アレース④
香月日輪　ファンム・アレース⑤(上)(下)
近衛龍春　加藤清正〈豊臣家に捧げた生涯〉
木原音瀬　箱の中
木原音瀬　美しいこと
木原音瀬　秘密
木原音瀬　嫌な奴
木原音瀬　罪の名前
近藤史恵　私の命はあなたの命より軽い
小泉　凡　怪談四代記〈八雲のいたずら〉
小松エメル　夢の燈影〈新選組無名録〉
小松エメル　総司の夢
小島　環　原作 あなしん 脚本 おかざきさとこ　小説 春待つ僕ら
呉　勝浩　道徳の時間
呉　勝浩　ロスト
呉　勝浩　蜃気楼の犬
呉　勝浩　白い衝動

講談社文庫 目録

佐々木裕一　比叡山の鬼〈公家武者 信平㈢〉
佐々木裕一　公卿の罠〈公家武者 信平㈣〉
佐々木裕一　狙われた旗本〈公家武者 信平㈤〉
佐々木裕一　赤い刀身〈公家武者 信平㈥〉
佐々木裕一　帝の刀匠〈公家武者 信平㈦〉
佐々木裕一　若君の覚悟〈公家武者 信平㈧〉
佐々木裕一　くもの頭領〈公家武者 信平㈨〉
佐々木裕一　狐のちょうちん〈公家武者信平ことはじめ㈠〉
佐々木裕一　姫のため息〈公家武者信平ことはじめ㈡〉
佐藤 究　QJKJQ
佐藤 究　Ank：a mirroring ape
佐藤 究　サージウスの死神
佐野 晶／三田紀房・原作　小説アルキメデスの大戦
澤村伊智　恐怖小説キリカ
さいとう・たかを／戸川猪佐武 原作　歴史劇画 大宰相〈第一巻 吉田茂の闘争〉
さいとう・たかを／戸川猪佐武 原作　歴史劇画 大宰相〈第二巻 鳩山一郎の悲運〉
さいとう・たかを／戸川猪佐武 原作　歴史劇画 大宰相〈第三巻 岸信介の強腕〉
さいとう・たかを／戸川猪佐武 原作　歴史劇画 大宰相〈第四巻 池田勇人と佐藤栄作の激突〉
さいとう・たかを／戸川猪佐武 原作　歴史劇画 大宰相〈第五巻 田中角栄の革命〉
さいとう・たかを／戸川猪佐武 原作　歴史劇画 大宰相〈第六巻 三木武夫の挑戦〉
さいとう・たかを／戸川猪佐武 原作　歴史劇画 大宰相〈第七巻 福田赳夫の復讐〉
さいとう・たかを／戸川猪佐武 原作　歴史劇画 大宰相〈第八巻 大平正芳の決断〉
さいとう・たかを／戸川猪佐武 原作　歴史劇画 大宰相〈第九巻 鈴木善幸の苦悩〉
さいとう・たかを／戸川猪佐武 原作　歴史劇画 大宰相〈第十巻 中曽根康弘の野望〉
佐藤 優　人生の役に立つ聖書の名言
斉藤詠一　到達不能極
佐々木 実　竹中平蔵 市場と権力 「改革」に憑かれた経済学者の肖像
司馬遼太郎　新装版 播磨灘物語 全四冊
司馬遼太郎　新装版 箱根の坂(上)(中)(下)
司馬遼太郎　新装版 アームストロング砲
司馬遼太郎　新装版 歳月(上)(下)
司馬遼太郎　新装版 おれは権現
司馬遼太郎　新装版 大坂侍
司馬遼太郎　新装版 北斗の人(上)(下)
司馬遼太郎　新装版 軍師二人
司馬遼太郎　新装版 真説宮本武蔵
司馬遼太郎　新装版 最後の伊賀者
司馬遼太郎　新装版 俄(上)(下)
司馬遼太郎　新装版 尻啖え孫市(上)(下)
司馬遼太郎　新装版 王城の護衛者
司馬遼太郎　新装版 妖怪(上)(下)
司馬遼太郎　新装版 風の武士(上)(下)
司馬遼太郎　戦雲の夢〈レジェンド歴史時代小説〉
司馬遼太郎／海音寺潮五郎　新装版 日本歴史を点検する
司馬遼太郎／井上ひさし　新装版 国家・宗教・日本人
司馬遼太郎／陳舜臣／金達寿　新装版 歴史の交差路にて〈日本・中国・朝鮮〉
柴田錬三郎　お江戸日本橋(上)(下)
柴田錬三郎　貧乏同心御用帳
柴田錬三郎　新装版 岡っ引どぶ〈柴錬捕物帖〉
柴田錬三郎　新装版 顔十郎罷り通る(上)(下)
白石一郎　庖丁ざむらい〈レジェンド歴史時代小説〉〈十時半睡事件帖〉
島田荘司　御手洗潔の挨拶
島田荘司　御手洗潔のダンス
島田荘司　暗闇坂の人喰いの木
島田荘司　水晶のピラミッド
島田荘司　眩（めまい）暈
島田荘司　アトポス

島田荘司 異邦の騎士〈改訂完全版〉
島田荘司 御手洗潔のメロディ
島田荘司 Pの密室
島田荘司 ネジ式ザゼツキー
島田荘司 都市のトパーズ2007
島田荘司 21世紀本格宣言
島田荘司 帝都衛星軌道
島田荘司 UFO大通り
島田荘司 リベルタスの寓話
島田荘司 透明人間の納屋
島田荘司 占星術殺人事件〈改訂完全版〉
島田荘司 斜め屋敷の犯罪〈改訂完全版〉
島田荘司 星籠の海(上)(下)
島田荘司 屋上
島田荘司 名探偵傑作短篇集 御手洗潔篇
島田荘司 火刑都市〈改訂完全版〉
清水義範 蕎麦ときしめん
清水義範 国語入試問題必勝法〈新装版〉
椎名誠 にっぽん・海風魚旅〈怪し火さすらい編〉
椎名誠 大漁旗ぶるぶる乱風編〈にっぽん・海風魚旅4〉
椎名誠 南シナ海ドラゴン編〈にっぽん・海風魚旅5〉
椎名誠 風のまつり
椎名誠 ナマコ
椎名誠 埠頭三角暗闇市場
真保裕一 連鎖
真保裕一 取引
真保裕一 震源
真保裕一 盗聴
真保裕一 朽ちた樹々の枝の下で
真保裕一 奪取(上)(下)
真保裕一 防壁
真保裕一 密告
真保裕一 黄金の島(上)(下)
真保裕一 発火点
真保裕一 夢の工房
真保裕一 灰色の北壁
真保裕一 覇王の番人(上)(下)
真保裕一 デパートへ行こう!
真保裕一 アマルフィ〈外交官シリーズ〉
真保裕一 ダイスをころがせ!(上)(下)
真保裕一 天魔ゆく空(上)(下)
真保裕一 ローカル線で行こう!
真保裕一 遊園地に行こう!
真保裕一 オリンピックへ行こう!
篠田節子 弥勒
篠田節子 転生
篠田節子 竜と流木
重松清 定年ゴジラ
重松清 半パン・デイズ
重松清 流星ワゴン
重松清 ニッポンの単身赴任
重松清 愛妻日記
重松清 青春夜明け前
重松清 カシオペアの丘で(上)(下)
重松清 永遠を旅する者〈ロストオデッセイ 千年の夢〉
重松清 かあちゃん
重松清 十字架

講談社文庫　目録

- 重松　清　峠うどん物語(上)(下)
- 重松　清　希望ヶ丘の人びと(上)(下)
- 重松　清　赤ヘル１９７５
- 重松　清　なぎさの媚薬(上)(下)
- 重松　清　さすらい猫ノアの伝説
- 重松　清　ル　ビ　ィ
- 新野剛志　八月のマルクス
- 新野剛志　美　し　い　家
- 新野剛志　明　日　の　色
- 殊能将之　ハ　サ　ミ　男
- 殊能将之　鏡の中は日曜日
- 首藤瓜於　脳　男
- 首藤瓜於　事故係生稲昇太の多感
- 島本理生　シ　ル　エ　ッ　ト
- 島本理生　リトル・バイ・リトル
- 島本理生　生　ま　れ　る　森
- 島本理生　七緒のために
- 小路幸也　高く遠く空へ歌ううた
- 小路幸也　空へ向かう花
- 小路幸也　スターダストパレード
- 小路幸也　原案　山田洋次　平松恵美子　家族はつらいよ
- 小路幸也　原作・脚本　山田洋次　脚本　平松恵美子　家族はつらいよ２
- 小路幸也　原作・脚本　山田洋次　脚本　平松恵美子　妻よ薔薇のように〈家族はつらいよⅢ〉
- 島田律子　私はもう逃げない〈自閉症の弟から教えられたこと〉
- 辛酸なめ子　女　修　行
- 柴崎友香　ドリーマーズ
- 柴崎友香　パ　ノ　ラ　ラ
- 翔田　寛　誘　拐　児
- 白石一文　この胸に深々と突き刺さる矢を抜け(上)(下)
- 小説現代編　石田衣良他著　10分間の官能小説集
- 小説現代編　勝目　梓他著　10分間の官能小説集２
- 小説現代編　乾くるみ他著　10分間の官能小説集３
- 柴村　仁　夜　宵
- 柴村　仁　プシュケの涙
- 柴田哲孝　ク　ズ　リ〈ある殺し屋の伝説〉
- 塩田武士　盤上のアルファ
- 塩田武士　盤　上　に　散　る
- 塩田武士　女神のタクト
- 塩田武士　ともにがんばりましょう
- 塩田武士　罪　の　声
- 塩田武士　氷　の　仮　面
- 芝村凉也　孤闘の寂〈素浪人半四郎百鬼夜行(六)〉
- 芝村凉也　邂　逅　の　紅　蓮〈素浪人半四郎百鬼夜行(七)〉
- 芝村凉也　終　焉　の　百　鬼　行〈素浪人半四郎百鬼夜行(八)〉
- 芝村凉也　追　憶　の　輪〈素浪人半四郎百鬼夜行(拾遺)〉
- 真藤順丈　畦　と　銃
- 柴崎竜人　三軒茶屋星座館１〈冬のオリオン〉
- 柴崎竜人　三軒茶屋星座館２〈夏のキグナス〉
- 柴崎竜人　三軒茶屋星座館３〈春のカリスト〉
- 柴崎竜人　三軒茶屋星座館４〈秋のアンドロメダ〉
- 周木　律　眼　球　堂　の　殺　人〈〜The Book〜〉
- 周木　律　双　孔　堂　の　殺　人〈〜Double Torus〜〉
- 周木　律　五　覚　堂　の　殺　人〈〜Burning Ship〜〉
- 周木　律　伽　藍　堂　の　殺　人〈〜Banach-Tarski Paradox〜〉
- 周木　律　教　会　堂　の　殺　人〈〜Game Theory〜〉
- 周木　律　鏡　面　堂　の　殺　人〈〜Theory of Relativity〜〉
- 周木　律　大　聖　堂　の　殺　人〈〜The Books〜〉

2020年12月15日現在